존재, 감

창비청소년문고 31

존재, 감

작가가 세상을 바라보는 방법

초판 1쇄 발행 • 2018년 9월 28일
초판 5쇄 발행 • 2023년 10월 19일

지은이 • 김중미
펴낸이 • 염종선
책임편집 • 김선아 이현선
조판 • 박지현
펴낸곳 • (주)창비
등록 • 1986년 8월 5일 제85호
주소 • 10881 경기도 파주시 회동길 184
전화 • 031-955-3333
팩시밀리 • 영업 031-955-3399 편집 031-955-3400
홈페이지 • www.changbi.com
전자우편 • ya@changbi.com

ISBN 978-89-364-5231-5 43810

작가가
세상을
바라보는
방법

존재, 감

김중미 지음

들어가는 글

처음 강연집 제안을 받았을 때는 쉽게 생각했습니다.

학교나 도서관 강연은 제가 낸 책을 중심으로 하기 때문에 가난과 불평등에 관한 문제, 노동자·이주민·장애인의 인권 문제, 학교 폭력이나 국가 폭력, 혹은 양심에 따른 병역 거부와 같은 평화에 관한 이야기가 많습니다. 그래서 강연집이 나온다면 제가 관심을 갖고 있는 여러 사회 문제들을 소설과는 다른 느낌으로, 독자들과 소통할 수 있겠구나 싶었습니다.

그런데 막상 2년 동안 강연한 내용을 모아 놓고 보니 저의 생각뿐 아니라 개인적인 삶까지 드러나 있어 겁이 덜컥 났습니다. 특히 청중에게 받은 질문들은 작가 개인에 대한 것이 많았습니다. 소설이나 동화 뒤에 숨었던 작가가 벌거벗은 채로 독자 앞에 서는 것 같은 느낌이었습니다. 공동체 식구들의 이야기는 더 조심스러웠습니다. 그래서 교정지를 받고 원고를 검토하면서도 계속해서 이 책을 내도 될까 고민했습니다.

저는 강연에서 많은 이를 소개했는데, 그 사람들은 사회적으로 대단한 성공을 한 사람들이 아니었습니다. 우리의 이웃이고, 동료이고, 친구이고 때로는 가족이기도 한 평범한 사람들입니다. 대체로 세상의 주목을 받지 못하는 사람들이지요. 저도 그들 속에 존재하는 한 사람입니다. 문득 동화나 소설이 아니라 현실에서 함께 살고 있는 그들의 이야기, 우리의 이야기를 더 많이 나누는 것도 의미 있는 일이겠다는 생각이 들었습니다. 그래서 용기를 내 보기로 했습니다.

이 책은 1, 2부로 나뉘어 있습니다. 1부는 지난 2년 동안 강연에서 소개한 사람들의 이야기로 꾸몄습니다. 2부에는 강연 때마다 가장 많이 받은 질문들을 모아 답을 실었습니다. 주로 문학과 작가의 삶에 관한 질문이 많았기 때문에 2부에는 자연스레 문학에 대한 이야기가 모였습니다. 본문에 여러 사람이 등장하는데 사람들의 이름은 본명을 그대로 사용한 경우도 있고, 가명을 사용한 경우도 있습니다.

어느 때부터인가 우리 사회는 '자존감'에 관심이 많아졌습니다. 서점에 가 보면 자존감에 관한 책만 수십 권이 넘습니다. 때때로 자존감마저 상품이 된 것 같은 느낌이 듭니다. 자존감이 없으면 성공을 못 하고, 사회생활은 곤란을 겪으며, 제대로 된 사랑마저 하지 못할 것처럼 겁을 줍니다.

어렸을 때 입은 상처 때문에 혹은 외로움 때문에, 가난 때문에 자존감을 잃은 사람이 있을 수 있습니다. 그런 사람들도 친구들과의 관계 속에서, 사회 속에서 자신의 존재를 있는 그대로 인정받고 존중받는다면 존재감을 얻게 될 것입니다. 자존감이 스스로 느끼는 자기 긍정, 자기만족, 자신감을 말한다면, 존재감은 지금 여기에 실제로 존재하는 느낌을 말합니다. 그러니까 존재감은 사회적 관계 속에서 형성된다고 할 수 있습니다. 약하고 보잘것없고 지질하기 짝이 없던 저도 공동체 속에서, 사회 속에서 존중받고 존중하는 법을 배웠습니다. 그 속에서 제가 해야 할 일도 깨달았습니다.

독자들이 이 책을 통해 우리 곁에 함께 살고 있으나, 그 존재감을 잘 인정받지 못했던 이들을 만나면 좋겠습니다. 그들과 이웃이 되고 친구가 되었을 때 우리 모두가 지금 여기에서 존재감 있게 함께할 수 있을 것입니다.

2018년 늦여름에

김중미

차례

2부 문학과 세상에 대한 물음들

작은 용기가 세상에 틈을 낸다

1

작은 새들의 겨울나기

저는 강화도 양도면 삼흥리에, 덕장산하고 진강산 사이에 있는 골짜기에 살아요. 저희 동네에 와 보신 분은 별로 없겠지요? 제가 처음 이 동네로 이사 왔을 때에 참 마음에 들었던 것이 하나 있어요. 바로 돌담이에요. 강화가 다 그런지는 모르겠는데 18년 전만 해도 저희 마을은 거의 돌담이었어요. 이 동네에 어찌나 돌이 많은지 지금도 저희 밭에서는 돌이 나와요. 봄마다 돌을 다 캐내고 밭을 가는데도 돌이 나오고 또 나와요. 그 돌로 다들 담을 쌓은 거죠.

저는 원래 인천에서 태어나 '동두천읍'에서 자랐어요. 주변에 농경지가 없었던 건 아니지만 읍내에 살아서 그런지 제가 시골에 산다는 생각은 거의 하지 못했어요. 청소년기 때 이후로는 쭉 도시에서 살았으니 도시내기나 마찬가지지요.

강화에 살면서야 저는 농촌 생활을 시작했어요. 그러면서 생태와 환경 문제에 관심을 가지게 되었지요. 요즘 제가 걱정하는 것은 오리 떼예요. 강화읍으로 들어오는 초입에, 강화대교 너머 강화현대아파트 단지 뒤쪽으로 들판이 펼쳐져 있어요. 그 들판에 야생 오리 떼가 엄청 많이 와 있어요. 원래 오리나 기러기 같은 철새는 사람이 많은 아파트 단지 근처에는 절대 오지 않아요. 그런데 서식지가 부족하다 보니 그 근처까지 오게 되었지요.

제가 걱정하는 것은 그 아파트 뒤쪽으로 축사들이 있기 때문이에요. 철새들은 축사에 가까이 가면 절대 안 돼요. 바이러스에 감염될 가능성이 높거든요. 축사나 인가 근처까지 왔다가 철새들이 바이러스에 감염되거나 조류 독감의 주범으로 몰릴까 봐 걱정이 돼요.

고병원성 조류 독감은 감기 바이러스나 마찬가지인데, 먼 거리를 여행하는 철새들이 독감 바이러스를 옮긴다고 알려져 있어요. 그러나 사실 요즘의 조류 독감 파동은 공장식으로 밀집 사육하는 닭, 오리 농장에서 비롯되는 경우가 더 많아요. 철새들의 이동을 막을 수는 없지만, 오로지 인간의 이익을 위해 만들어진 공장식 농장의 반생명적이고 탐욕적인 운영 방식은 바꿀 수 있지요. 저는 농촌의 도시화, 갯벌 개간으로 인해 서식지를 잃어 가는 철새들과 함께 살아갈 길을 모색하지 못한다면 인간의 미래도 없다고 생각해요.

일주일 동안 새를 관찰했더니

제가 이렇게 새들에게 관심을 가진 것은 얼마 되지 않아요. 2001년에 강화로 귀농하기 전에는 참새, 비둘기, 백로, 까치나 까마귀를 구별하는 정도였지요. 그런데 강화도의 산 중턱으로 이사 오고 나서 보니 주변에 새들이 엄청 많은 거예요. 아침이면 새소리에 잠이 깰 정도였죠.

제가 강화에 처음 온 것이 2월이거든요. 이사하고 나서 봄을 기다리는데 정말 봄이 안 오더군요. "기다림마저 잃었을 때에도 너는 온다"라던 이성부 시인의 시가 떠오를 정도로 정말 더디 오는 거예요. 특히 제가 이사 온 해인 2001년에는 4월 3일에도 눈이 왔어요. 도시에 살 때는 3월쯤이면 봄이 다 왔다고 생각했었어요. 개나리도 3월 중순이면 피었던 것 같아요. 그런데 강화에서는 3월 말이 지나도 개나리는커녕 눈도 안 녹더군요.

그러던 어느 날 멍하니 앉아 있는데 참새들이 저희 집 마당에 와서 뭘 쪼아 먹더라고요. 처음에는 다 참새인 줄 알았어요. 그런데 아침마다 거실에서 창밖을 유심히 바라보다 보니 새들의 생김새나 깃털 색, 무늬가 조금씩 다 다른 거예요. 대체 무슨 새들인지 궁금해져서 인터넷 서점에다 조류 도감을 10종류쯤 주문했어요.

어떤 도감에는 시디가 들어 있고, 어떤 도감에는 사진이 가득 들

어 있고, 또 어떤 도감에는 세밀화 그림이 있어서 새를 좀 더 자세히 볼 수가 있었어요. 새의 생태가 안내된 책도 있었죠. 그 도감들을 잔뜩 쌓아 놓고 한 일주일쯤 새들을 관찰했더니, 저희 집 마당에 내려앉아 있는 새들이 네다섯 종이 된다는 것을 알게 되었어요. 참새만 한 새 중에 참새 말고 뭐가 있을까요? 쇠딱따구리, 박새, 진박새, 곤줄박이, 노랑턱멧새였어요. 이런 새들이 40~50마리가 섞여 있었어요.

종류가 다른 새들이 한데 모여 있는 게 너무 이상했어요. 도대체 왜 한 무리로 있는 걸까요? 정말 궁금했어요. 그러다 어느 책에서 이런 작은 새들은 겨울을 나기 위해서 공동생활을 한다는 것을 알게 되었어요.

쇠딱따구리나 박새같이 작은 새들은 추운 겨울 동안 먹이를 구하기가 힘들어요. 그래서 무리를 이루어 먹이를 구한대요. 누군가 먼저 먹을 것을 발견하면 "얘들아, 여기 먹을 거 있어."라고 해서 같이 나누어 먹을 수 있잖아요. 또 겨울이면 활엽수들이 나뭇잎을 다 떨어뜨리니 작은 새들이 천적으로부터 몸을 숨기기가 어려워요. 겨울에는 말똥가리같이 큰 철새들이 겨울을 나러 오는 데다 맷과 텃새들도 오거든요. 때로는 까치 떼도 혼자 있는 작은 새를 노려요. 여럿이 무리로 있을 때 큰 새들의 공격을 덜 당할 수 있으니 겨울이면 작은 새들이 모여 사는 거래요. 그러다 4월 중순쯤 되어 봄이 찾아오면 각자 짝을 찾아서 따로 살게 된대요.

공생을 하는 것은 이런 작은 새들만이 아니에요. 11월이 되자 마을 들판에 까치들이 30~40마리씩 떼를 지어 다니는 게 보였어요. 참 신기하다 싶었는데 이화여대에 계신 최재천 교수님의 글을 읽고 알게 됐어요. 그해 태어난 까치들 중 짝을 찾지 못한 1년생 까치들은 그렇게 무리를 지어 겨울을 난대요. 그 이유는 작은 새들이랑 같았고요.

저는 새들의 공생을 보며 놀랍고 감동스러웠어요. 저는 그때까지 개미 같은 몇몇 곤충을 제외하고는 동물들은 사회생활을 하지 않는다고 알고 있었거든요. 하지만 많은 동물이 함께 살기 위해 서로 협력하고 있었어요. 저는 지난 30년 동안 공동체로 살겠다고 애썼는데 그 과정이 쉽지는 않았어요. 고비가 올 때마다 공동체 식구들과 공동체의 의미를 나누며 힘겹게 넘겼는데, 시골에 와서 아주 자연스럽게 함께 살아가는 동물들을 보게 된 거예요. 그렇게 자연을 만나면서 저는 좀 더 겸손해졌어요.

강화로 이사 온 첫해에 만난 새들은 제게 좋은 가르침과 깨달음을 주었고, 그 뒤로도 계속해서 저는 작은 생명들에게 많은 것을 배우며 살아요.

2

용산을 사진에 담으며 깨달은 것

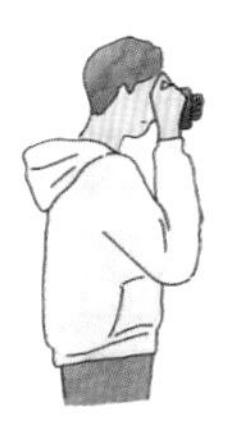

2009년에 있었던 용산 남일당 참사를 아는 분이 있나요? 여러분은 대체로 그때 초등학생이었을 테니 잘 모를 거예요. 용산 4구역 재개발 지역에는 그곳에서 15년, 20년 동안 임대료를 내며 장사를 해 온 상인들이 있었어요. 그런데 재개발로 인해 이 지역이 철거되면서 외지에 사는 건물주들만 보상을 받고 상인들은 빈손으로 쫓겨 나가야 하는 상황이 벌어졌어요. 하루아침에 생계 수단을 잃게 된 상인들은 시위에 나설 수밖에 없었고, 같은 처지의 철거민들이 함께 연대했어요. 그런데 경찰이 그 시위를 무리하게 진압하는 과정에서 경찰 한 명과 철거민 다섯 명이 죽었어요.

서울시의 재개발은 역사가 꽤 길어요. 1960년대부터 시작되었지요. 그런데 특히 1982년에 전두환 정권이 주민과 건설 회사가 함께 재개발 사업을 진행하는 합동 재개발 방식을 도입하면서 철거 투쟁이 본격적으로 시작되었어요. 합동 재개발 방식은 공영 개발인데도 재개발 이익이 거의 건설 회사로 돌아갔거든요. 반면 지역에 살고 있던 영세한 가옥주나 세입자 들의 생존권은 짓밟혔지요. 1985년부터 목동의 재개발 지역에서 철거 반대 투쟁이 시작되었고 양평동, 상계동 등으로 확대되었지요. 많은 도시 빈민이 철거 과정에서 삶의 자리를 뿌리 뽑혔고, 철거 반대 투쟁 과정에서 범법자가 되기도 했죠. 그렇게 서울시의 서민 거주 지역들이 아파트 단지가 되어 갔어요.

서울시가 다시 재개발 광풍에 휩싸인 건 이명박 전 대통령이 뉴타운 재개발을 추진하면서부터였어요. 용산 남일당 참사도 이명박 정부 아래에서 일어났죠. 저는 이 사건으로 큰 충격을 받았어요. 우리 사회가 여전히 폭력적이라는 것을, 소수의 풍요를 위해 다수의 서민이 여전히 고통당하고 있다는 것을 깨달았거든요. 하지만 그 후 서울의 뉴타운 사업은 다른 대도시로 번져 갔고, 제가 살고 있는 인천도 뉴타운 사업을 비껴가지 못했어요.

추억이 깃든 만두 가게

동인천역 뒤에 있던 중앙시장은 일제 강점기 말에는 야시장이었어요. 시장이 화수동의 수문통거리와 배다리로 이어지고, 서민들이 많이 사는 동구와 구도심인 중구로 이어지는 길목에 있어 오가는 사람이 많았지요. 이 시장은 한국 전쟁 이후에는 피란민들이, 60년대 이후에는 전라도나 충청도에서 온 이농민들이 주로 이용했어요. 그래서 시장 안에는 노동자들이 주로 가던 순대국밥 골목이 있었고, 한국 전쟁 이후 군복을 물들여 팔면서 시작한 보세 시장인 '양키 시장'도 있었어요. 무엇보다 주로 포목, 교복, 이불, 가방, 그릇 같은 걸 파는 도매상이 모여 있어 늘 사람들로 붐비는 곳이었죠. 그뿐 아니라 동인천역과는 지하도로 연결되고, 그 주변에 오성극장과 미림극장이 있어 서민들의 소비문화의 중심이었어요. 또 송림동, 송현동 주민들이 이용하는 야채 청과 시장인 송현시장과도 이어져서 서민들에게는 안성맞춤인 시장이었죠.

그런데 2007년에 중앙시장과 그 주변이 동인천역 주변 재정비 사업 지구로 선정되면서 뉴타운 개발이 추진되었어요. 재개발로 인해 삶의 자리를 빼앗기는 사람들과 그로 인해 이익을 얻는 이들의 갈등도 어김없이 생기기 시작했지요.

중앙시장은 제가 엄마와 자주 가던 시장이기도 해요. 학창 시절이나 남편과 연애할 때도 자주 갔었어요. 그런 곳이 곧 사라질 거라고 하니 많이 안타까웠어요. 게다가 여느 재개발 지역과 마찬가지로 주민들 간의 갈등이 크다는 이야기가 들려오니 마음이 쓰였지요. 그래서 오랜만에 중앙시장에 가 보았어요.

동인천역과 송림동을 이어 주던 시장 길에 가 보니 잡동사니를 팔던 노점들이 어느새 하나둘 사라지고 없더군요. 길가에 줄지어 있던 실 가게, 지퍼 가게, 단추 가게 중에도 문을 닫은 곳이 많았어요. 저는 갖가지 단추들이 하얀 상자에 담겨 있던 그 가게들을 아주 좋아했어요. 때때로 필요도 없는 단추를 사 가지고 나오기도 했지요. 그 가게들은 거의 다 문을 닫았고 건너편 만두 가게와 구두 가게만 문을 열고 있었어요. 만두 가게는 제가 어렸을 때부터 있었어요. 가게 밖에다 큰 솥 두 개를 걸어 놓고 만두를 쪄서 팔았죠. 제가 오랜만에 갔던 그날도 솥에서 김이 모락모락 나고 있었어요. 또 구두 가게에는 만든 지 오래돼 보이는 신발들이 '세일'이라는 팻말 아래 먼지를 뒤집어쓴 채 진열되어 있었어요. 저는 그 가게에서 결혼 전에는 워커를, 첫애를 임신했을 때는 편한 샌들을 산 적이 있어요. 본드 냄새, 가죽 냄새, 이상한 곰팡이 냄새까지 뒤섞인 그곳에서 가죽 구두를 만드는 아저씨는 정말 예술가처럼 보였어요. 이제 그 가게가 사라지고 주인아저씨도 어디론가 떠날 거라는 생각을 하니 무척 슬펐어요.

그날 시장 골목을 다니며, 저만 해도 그 시장에 얽힌 추억이 한 보따리인데 다른 사람들의 추억은 또 얼마나 많을지 상상해 봤어요. 그 시장에서 대를 이어 장사하던 사람들은 삶의 자리를 빼앗기게 되었으니 얼마나 참담하고 억울할까 하는 생각도 해 보았어요. 그래서 그 시장을 배경으로 소설을 써야겠다고 마음먹었어요. 그

전에 용산 참사를 지켜보면서도 재개발에 관한 소설을 써야겠다고 생각했었기 때문에 금세 이야기가 떠올랐어요. 주인공은 용산 참사를 통해 자신이 하고픈 일을 깨달은 공부방 아이를 모티프로 삼았어요. 그 아이는 민우예요.

그림을 잘 그리는 아이

초등학교 때 강화로 전학 와서 마을 근처 중학교에 진학한 큰딸이 종종 친구들 이야기를 전해 주었어요.

"엄마, 우리 반에는 보육원에 사는 애들이 많잖아. 애들이 다 착해. 어떤 애는 피아노를 엄청 잘 치고, 어떤 애는 운동을 잘하고, 어떤 애는 그림을 진짜 잘 그려. 그런데 자기가 가진 재능을 키워 줄 사람이 없잖아. 그게 속상해. 걔네들 평소에는 순하고 착하다가도 화가 나면 자해를 하거나 물건을 던지고 소리를 지르며 울어. 그걸 보면 왜 저럴까 하는 생각이 들다가도 마음에 상처가 많아서 그러나 보다 하는 생각이 들어서 나도 마음이 아파."

그렇게 딸아이를 통해 알게 된 친구들을 돕고 싶었어요. 그래서 공동체 식구들이 의논해서 보육원 청소년 중 후원자나 연고자가 없는 아이들과 일대일 후원 관계를 맺었어요. 그러면서 아이들이 처한 상황을 자세히 알게 되었고 좀 더 구체적인 도움을 주고 싫어졌어요. 보육원 선생님들과 여러 번 만나 의논했고 그 뒤 몇몇 아이가 저희가 강화 집에 연 공부방에 다니게 되었어요. 그중에 민우가 있었죠.

공부방에 한 아이가 오면 그 사람이 가진 이야기도 따라 들어오지요. 그 아이의 과거, 현재, 미래가 다 오는 것과 같아요. 그 사람의 우주를 만나는 거예요. 저희는 그런 마음으로 아이들을 만나 왔어요.

보육 시설에서 온 친구들은 마음을 여는 데 시간이 오래 걸렸어요. 어려서부터 스스로 자신을 보호해야 했던 탓인지 때로는 위악을 부리기도 했지요. 서로 알아 가는 시간을 보내고 나니 그 아이들 안에 숨겨져 있던 보석들이 보였어요. 어떤 아이는 조금만 더 노력하면 공부를 잘할 수 있을 것 같았고, 어떤 아이에게는 웬만한 어려움에는 흔들리지 않을 굳은 심지가 보였고, 어떤 아이에게는 예술적 재능이 보였죠. 그런데 정작 당사자들은 자기가 잘하는 것이 무엇인지 혹은 원하는 게 무엇인지 잘 몰랐어요. 보육원에서는 개인보다 집단이 우선되다 보니, 아이 한 명 한 명의 재능을 살펴서 키워 주기 힘든 실정이거든요. 이 아이들한테 꿈이 뭐냐고 자세하게 물어보는 사람도 없었어요. 잘하는 게 있어도 적극적인 지지를 받아 본 적이 없으니, 이게 정말 내가 잘하는 건지, 좋아하는 건지 하나도 모르는 거예요.

제가 청소년 시절에 경제적인 이유로 미술을 그만둔 적이 있어서 그런지 미술에 재능이 있는 민우가 자꾸 걸렸어요. 그래서 민우가 그린 그림을 저희 마을에 사는 화가 선생님께 보여 드리니, 가능성이 있다면서 민우를 가르치고 싶다고 하셨어요. 민우도 그림을 그리고 싶다고 했어요. 그러나 뭔가를 꾸준히 해 본 적이 없는 민우는 힘든 고비가 올 때마다 주저앉고 돌아섰어요. 그런 민우가 포기하지 않고 자신의 꿈을 찾아갈 수 있게 하기 위해 참 많은 노력이 필요했어요. 민우는 자기가 진짜 그림을 잘 그리는 건지, 자신이 정말 미술을 하고 싶은 건지 헷갈려했어요. 무기력이 몸에 배어 있어서 고비를 넘기 힘들었죠. 그때마다 생각했어요. 누군가 아주 가까운 사람이 어려서부터 민우의 힘든 고비를 함께 넘어 주었다면 그 지지와 힘으로 살아갈 텐데 그러지 못했으니 우리가 뒤늦게라도 민우의 지지 기반이 되어 주어야 한다고요.

아이는 칭찬을 먹고 자란다고 하잖아요. 그게 바로 지지거든요. 부모들은 자식이 첫걸음마를 하면 세상을 얻은 것처럼 기뻐하죠. 아이는 부모의 반응을 보며 '아, 내가 대단한 일을 했나 보다.' 하고 뿌듯해해요. 처음 "엄마." 하고 불렀을 때, 처음 숟가락질을 했을 때, 처음 변기에 응가를 했을 때 주위 어른들이 환호를 해 주거든요. 아이들은 그런 지지와 칭찬을 받으며 더 어려운 과제에 도전하고 성취감을 느끼죠. 그러나 그런 돌봄을 받지 못한 아이들은 자신감과 성취감을 경험하기가 쉽지 않아요. 저는 이미 열일곱이 된 민우와 친구들에게 그것을 해 줘야겠다고 생각했어요. 목표를 갖고 스스로 고비를 넘어 성취감을 느끼며 도전하게 하고 싶었어요. 그래서 정말 노력을 많이 했어요. 때때로 저희 딸들에게 미안할 정도로 관심을 기울이고 최선을 다했죠. 저희는 고3을 앞둔 민우에게 디자인이나 애니메이션 전공을 권했어요. 예상대로 자신 없어 했죠. 미술을 전공하고 싶어 하면서도 입시 학원을 다녀 본 적이 없으니 불가능하다고 생각하고는 지레 포기했어요.

용산에 간 민우

어느 날 갈팡질팡하는 민우를 용산 남일당 참사 현장에 데리고 갔어요.

"너처럼 외롭고 힘들고 가난한 사람들이 여기에도 있어. 그런데 이 사람들은 자기네한테 닥친 그 어려움들, 가족을 잃은 슬픔들을 혼자가 아니라 여럿이 함께 이겨 내고 있어."

민우한테는 그 현장이 큰 충격이었던 거 같아요. 높은 고층 빌딩 사이 철거가 되다 만 어두컴컴한 골목에서, 불타 뼈대만 남은 참사 현장에서, 남편과 아들을 혹은 아버지를 잃은 유가족들이 다른 철거민들과 함께 하루하루 버티며 살아 내고 있었거든요. 용산 남일당 참사의 진실 규명을 외치면서 싸우고 있었어요. 그 곁에는 종교인, 예술가, 인권 운동가, 노동자 들이 함께 연대하고 있었고요. 특히 레아 카페에서 문화 연대 회원들이 활동하고 있었는데, 민우에게 그 모습이 자극이 되었던 것 같아요.

그 후 일주일에 한 번씩 민우와 함께 남일당에 갔어요. 민우는 그 사람들과 용산 재개발 4구역의 스산한 풍경을 사진에 담고 그림으로 그렸어요. 그곳을 통해 그동안 몰랐던 세상을 만났어요. 2009년 그해에는 참 많은 일이 있었어요. 공장 문을 걸어 잠그고 옥쇄 파업을 하던 쌍용자동차 해고 노동자들이 공장 지붕 위에서 폭력적으로 진압되었고, 문규현 신부님과 수경 스님이 '생명 평화의 길' 순례단을 이끌고 용산 남일당을 지나갔어요. 민우는 그 모습을 지켜보며 세상에 조금씩 눈을 떴어요.

그렇게 몇 달이 지난 뒤 민우에게 그곳을 담은 그림과 사진을 모아 대학 입시를 위한 포트폴리오를 만들자고 제안했어요. 민우는 용산 남일당 유가족들 이야기를 이용해 대학에 가는 것 같다며 싫다고 고집을 피웠죠. 저와 공부방 삼촌이 그런 민우를 설득했어요.

"너의 이 작업이 단순히 대학 입시가 아니라 세상이 주목하지 않은 용산 유가족들을 좀 더 알리는 데 힘이 될 수도 있어. 네가 가진 재능을 썩히지 않고 세상과 소통하면서 사회를 위해 할 수 있는 일을 하면 좋잖아."

민우도 저희 의견을 수용하고 용산 남일당을 담은 작품과, 우리 공부방에서 재개발에 대한 문제의식을 담아 공연했던 도깨비 인형극을 플래시 애니메이션으로 만들어 포트폴리오를 꾸렸어요.

그러면서 공부도 시작했어요. 어려운 고비가 몇 번 있었지만 더는 포기하지 않았어요. 자기처럼 세상이 외면하거나, 아니면 가족을 잃은 슬픔이 있는 사람들 곁에 있으면서 그들과 함께하고 싶다는 내적인 힘이 생기는 것 같았어요. 민우네 학교 선생님들은 민우가 4년제 대학에 원서를 내려 하자 말했어요.

"네가 그 대학에 합격하면 내 손에 장을 지진다."

그렇지만 민우는 자기가 원하는 대학에 마침내 합격했어요. 선생님들은 손에 장을 지지지는 않았지만 그 학교 후배들이 대학 입시를 준비할 때마다 민우 이야기를 해 주며 격려한다고 해요.

민우의 대학 생활도 쉽지만은 않았어요. 수업을 따라가고 성적을 유지하고 등록금을 마련하는 것, 모든 것이 어려웠어요. 민우는 여러 우여곡절을 겪으며 대학을 졸업했고, 애니메이션 회사에 취업했어요. 그리고 지금은 공부방에서 만난 선배와 작은 창작 공간을 운영하고 있어요. 그곳에서 작품을 만들고 전시도 해요. 청소년들에게 애니메이션이나 인형극을 가르치기도 하고요. 민우는 자기가 좋아하고 잘하는 일을 통해서 사회에서 제 몫을 찾고 함께하는 사람들을 만났어요.

민우를 모티프로 재개발 문제를 다루며 함께 사는 삶, 평화에 대해 이야기한 작품이 바로 『꿈을 지키는 카메라』예요. 그 작품을 통해 내가 꾸는 꿈이 나만의 꿈이 아니라 우리 모두의 꿈이 되는 과정을 보여 주고 싶었어요. 내가 행복해지는 일은 나만의 성취로만 이

룰 수 없어요. 내가 행복해지려면 내가 사는 세상이 변해야 해요.

결국 시장은 사라졌지만

『꿈을 지키는 카메라』의 무대가 되었던 중앙시장은 결국 절반이 철거되어 나갔어요. 시장이 있던 자리는 광장이 되어서 겨울에는 스케이트장으로 운영되고 현란한 가로등이 켜져요. 외양은 화려해졌지만 그 자리에서 살던 사람들의 삶의 자리는 사라져 버렸죠. 다행히 만두 가게는 살아남았지만 절반만 남은 시장은 휑하기 짝이 없어요. 시장을 철거하고 광장을 만든 시와 구에서는 청년들이 운영하는 상점가를 만들고 떠들썩하게 홍보를 했지만 1년도 못 되어 문 닫은 곳이 많았어요. 자연 생태계도 한번 깨지면 복원되기 힘들듯이 사람들이 살아가는 세상도 마찬가지예요. 다 부수고 밀어낸 뒤 새로 지은 곳에다 인위적으로 마을 공동체를 만든다고 해봤자 마을 공동체는 살아나지 않아요. 산동네가 헐려 아파트 단지가 되었고 아파트 주민들은 자동차를 타고 대형 마트로 장을 보러 갔어요. 시장은 한산해졌어요. 시장 안에 옷 가게가 사라지자 수선집도 사라졌어요. 그곳에 실 가게, 단추 가게, 지퍼 가게가 있을 까닭이 없죠. 가난한 노동자들의 한 끼가 되고, 퇴근 뒤 노동의 고단함을 풀어 주던 순댓국집은 관광지가 되었어요. 지자체가 아무리

홍보를 해 대도 그 순댓국 골목 하나로, 살아남은 만둣집 하나로, 혹은 한복집 몇 집, 이불집 몇 개로는 시장이 살아나지 않아요. 그러니 더 쇠락해 가고 있어요. 생태계에서는 누구도 혼자서 살아남을 수 없어요. 혼자서는 아름답지 않아요. 함께 어울려야만 아름다워요.

제가 요즘 트라우마에 관한 책들을 읽고 있는데 그중 인상적인 대목이 하나 있어요. 인간의 뇌는 이미 혼자서는 살 수 없게 발달해 있다는 거예요. 우리는 관계 속에서 더 성장할 수 있고 관계 속에서만 정신적으로 정서적으로 안정을 찾을 수 있고 능력을 발휘할 수 있대요. 우리 뇌 구조 자체가 그러한데 우리 사회는 자꾸만 혼자서 가라고 강요하잖아요. 그런데 그렇게 해서는 살아남을 수 없으니까 자꾸 마음에 병이 생기지요.

내 옆에 있는 친구들이 더 잘나가고 능력도 뛰어나고 예쁘고 돈도 많을수록 내가 더 좋을까요? 그렇지 않아요. 부족한 사람들이 내 옆에 있을 때 오히려 서로 채워 주면서 내가 더 성장할 수 있어요. 서로 기댈 수 있고요. 저는 우리가 살아가는 세상은 그렇게 가야 된다고 생각해요. 서로 부족한 점을 함께 채워 나가는 거예요. '나는 더 잘해야 돼.' '남보다 공부도 더 잘해야 되고, 더 많은 스펙을 쌓아야 되고, 더 좋은 대학을 가야 되겠어.' 이렇게 나 혼자 발버둥 치더라도 내가 사는 세상이 바뀌지 않는다면 나는 행복해지기 힘들어요.

3

장애가 꿈을 막을 수는 없어

제게는 시각 장애인 친구가 있어요. 그 친구를 만난 건 10년 전이에요. 제가 인천에 있는 시각 장애인 학교인 혜광학교로 작가 강연을 갔다가 만났지요. 제 책 『괭이부리말 아이들』이 점자로 번역되어 시각 장애 학생들도 그 책을 읽었다고 하더군요. 혜광학교에 가서 점자 책으로 된 『괭이부리말 아이들』을 보고 정말 놀랐어요. 『괭이부리말 아이들』은 작고 두께도 얇은 책이잖아요? 그런데 점자로 된 『괭이부리말 아이들』은 부피도 엄청 큰 데다 세 권으로 나뉘어 있었어요. 그 친구들은 그런 책으로 읽은 거예요. 무척 고맙기도 하고 신기하기도 하고 또 한편으로는 미안했어요. 이 친구들의 언어에 대해 내가 무심했구나 하는 생각이 들었거든요.

교실에 들어가 강연을 하는 중에 '피드백'이 요란한 친구들이 있었어요. 그 친구들 덕에 조금은 긴장한 채 시작한 강연이 수월해졌고 재미있었어요. 그 학생들은 중학교 2학년이었어요. 그중 한 학생이 강연이 끝난 뒤 제게 이메일 주소를 물었어요. 그 친구가 김진영이에요. 진영이와는 그 뒤로 이메일을 주고받으며 친구가 되었죠. 서로 책 이야기를 나누고, 음악 이야기도 하고, 진로와 꿈에 대해서도 이야기를 나눴어요. 진영이는 병으로 시력을 잃게 되었대요. 초등학교 4학년 때부터 1년 동안 투병 생활을 하고 5학년 때 다니던 학교로 돌아갔는데 학교에서 생각지도 않던 왕따를 당했어요. 그래서 결국 시각 장애인 학교로 전학을 가게 되었어요. 다행히 그곳에서 심리적인 안정을 찾고 학교생활에 적응할 수 있었대요.

진영이와 이메일을 주고받다 그해 겨울 방학 때 진영이와 그 친구들까지 '삼총사'를 공부방에 초대했어요. 공부방에는 특수 교육을 전공하는 대학생도 있고 또래들도 있어 서로 친구가 되면 좋겠다 생각했죠. 진영이와 희승이, 승호는 공부방 아이들과 친구가 되었어요. 진영이네 삼총사는 자신들이 가진 장애를 스스럼없이 말하고 불편함도 숨기지 않았어요. 공부방 형, 누나 들과 분식집에 가거나 같이 공연을 보러 가면 자신들이 불편한 점이 무엇인지 말하고 도움을 청했죠. 처음에는 어떻게 도와야 할지 몰라 조심스러워하던 공부방 친구들도 점차 삼총사를 편하게 대했어요. 진영이네 삼총사는 운동도 좋아했어요. 시각 장애인들만의 운동 중에

'골볼'이라고 있는데 넷이서 하는 운동이에요. 진영이네 삼총사는 학교 대표 선수로 전국 대회에 나가서 1등을 하기도 했어요.

진영이는 음악도 좋아해서 피아노 연주가 취미였어요. 절대 음감을 가진 희승이는 다양한 악기를 연주할 줄 알았고요. 방학 때 와서 공부방 친구들에게 즉흥 연주도 해 주며 재미있게 지냈어요. 시각 장애인과 비시각 장애인은 함께 놀기 어려울 거라 생각하는 친구들이 있겠지만 그렇지 않아요. 진영이네 삼총사와 공부방 친구들은 모이면 원 카드, 전기 게임, 369 게임…… 놀 거리들을 계속 찾아내요. 어떨 때는 거의 밤을 새워 놀았어요. 비장애인들의 놀이를 장애인들도 할 수 있게 창의적으로 바꾸거나, 시각 장애인들의 놀이를 비장애인 친구들이 배우기도 했죠. 시각 장애인들은 눈으로 볼 수가 없으니 청각이 굉장히 예민해요. 우리는 대화를 할 때 말만이 아니라 몸짓도 같이 하잖아요. 그런데 시각 장애인은 모든 언어를 소리로 표현해야 해요. 소통을 언어로만 해야 하니 진영이네 삼총사가 오면 제가 사는 강화 집이 떠들썩했어요.

우리는 진영이 덕분에 시각 장애인용 점자 정보 단말기가 얼마나 요긴한지 알게 되었고, 시각 장애인용 스마트폰에 대해서도 알게 되었어요. 진영이 덕분에 우리의 시야가 넓어지고, 진영이와 친구들 역시 비장애인 공부방 친구들을 통해 좀 더 세상을 볼 수 있게 되었다고 생각해요.

고3의 결심

시각 장애도 사람에 따라 그 정도가 달라요. 감기도 약한 감기가 있고 독한 감기가 있듯이, 시각 장애도 정말 하나도 안 보이는 장애가 있는가 하면, 홍채가 도넛 모양으로 되어서 사물의 가운데와 겉만 보이는 친구도 있고, 혹은 색맹도 있고 다양해요. 그런 여러 시각 장애 중에서 정말 아무것도 안 보이는 것을 전맹이라고 해요.

전맹이 생기는 이유는 여러 가지예요. 황막세포변형증이라는 병이 갑작스럽게 찾아와서 생기기도 하고, 혹은 뇌종양 수술을 한 뒤에 전맹이 되기도 해요. 태어날 때부터 전맹인 사람도 있어요. 저는 쌍둥이 중 한쪽만 전맹으로 태어나는 경우도 보았어요. 더러는 산업 재해나 사고로 시력을 잃기도 해요.

시각 장애인 친구들이 가는 학교는 각 도마다 있어요. 그런데 인문계 과정이 개설된 맹학교는 우리나라에 서울맹학교를 비롯해 한두 곳 정도뿐이래요. 나머지는 다 전문계 고등학교예요. 많은 시각 장애인이 고등학생 때 이료 수업을 받아요. 이료 수업은 침술, 침구, 지압, 안마 등을 배우는 특성화 수업이에요. 졸업하면 국가 공인 안마사 자격증을 취득하게 되죠. 우리나라에서 안마 시술소는 법적으로 시각 장애인만 낼 수 있어요. 그분들은 앞이 안 보이니 활동적인 직업을 갖기 어려워서 그런 법을 통해 보호해 주는 것이에요. 이 직업만이라도 시각 장애인들이 할 수 있도록, 비장애인들은 하지 못하게 해 두었지요. 진영이와 삼총사도 이 이료 수업을 하는 특성화 고등학교인 혜광학교 학생이었어요.

그런데 세 친구는 대학에 가고 싶어 했어요. 셋은 시각 장애인의 직업이 안마사나 특수 교사, 혹은 음악인으로만 한정되는 것을 극복하고 싶어 했어요. 하지만 셋이 진학한 고등학교가 특성화 고등학교다 보니 대학 진학을 위한 공부가 부족할 수밖에 없었어요. 게다가 맹학교들은 학생들의 정서 함양과 특기 계발을 위해 다양한 문화 예술 교육을 해요. 혜광학교도 마찬가지였어요. 그에 따른 행사도 많았죠. 특히 학교 오케스트라는 모두 참여해야 하는 특별 활동이었어요. 좋은 프로그램이었지만 대입 공부를 하고 싶었던 진영이에게는 벅차기도 했지요. 날마다 4시 반까지는 꼼짝없이 학교 수업을 듣고, 특별 활동도 해야 하니 공부할 시간이 늘 부족했어요. 그래도 진영이와 삼총사는 친구들과 스터디 그룹을 만들어서 따로 공부를 했어요. 때로는 선생님들께 항의를 하고 반항도 했어요. 학생 회장에 출마한 뒤에는 학생들의 의견을 모아 학교에 건의를 하기도 했죠. 모든 학생이 진영이의 의견에 동의하는 건 아니었어요. 어떤 친구들은 진영이가 튀는 행동을 한다고 거부감을 드러내기도 했죠.

"김진영, 너는 잘났으니까 그런 얘기를 하지."

그런 말에 진영이는 상처를 받기도 했지만 친구들과 소통하는 방법을 바꿔 갔어요. 친구들을 한 명 한 명 만나서 대화했지요. 학교에서는 대학 공부에 집중하고 싶어 하는 진영이에게 다른 학교로 전학 갈 것을 제안하기도 했어요. 그러나 진영이는 전학을 가는 건 왠지 가족 같은 친구들을 배신하는 일 같다며 학교에 남았어요. 그 무렵 저와 나눈 이메일에서 진영이는 환경에 순응하기보다 환경을 바꾸며 살고 싶다고 했어요. 학생이라는 신분 때문에 타협하고 순응해야 하는 자신의 처지를 안타까워했지요. 진영이는 『데미안』과 『레미제라블』을 읽으면서 자신의 고민을 정리해 냈어요.

진영이는 꿈이 많았어요. 그래서 일찌감치 음악인과 사회 복지사로 진로를 결정한 희승이와 승호와 달리 고민이 많았죠. 언어에 관심이 많아 동시 통역사를 꿈꾸기도 했고, 작가도 하고 싶어 했어요. 그러다 학교 대표로 선발돼서 미국의 시각 장애인 학교와 시설을 방문하고 온 뒤로는 장애인의 인권에 관심이 많아졌고, 고3 때 우리나라 최초의 시각 장애인 판사인 이영 판사를 만난 뒤 꿈이 생겼어요.

"나는 판사가 될 거야. 아니면 변호사가 되어서 나 같은 장애인들의 인권을 위해서 싸울 거야."

진영이는 고3 때 큰 결심을 했어요. 공부에 집중하기 위해 학교 가까운 곳에 방을 얻어 자취를 시작한 거예요. 부모님이 시각 장애인인 자신을 불쌍하게 생각하고 자꾸 도와주시려 하는 게 부담스럽다고 했어요. 학교와 집이 거리가 멀어 통학에 공부할 시간을 뺏기는 것도 싫고요. 진영이는 늘 자기 동지는 흰 지팡이라고 말했어요. 흰 지팡이가 뭔지 아세요? 길을 걸을 때 보면 보도블록 중에 울퉁불퉁하고 색도 다른 부분이 있지요? 그 부분은 절대 밟고 서 있으면 안 돼요. 시각 장애인들한테는 그게 눈이거든요. 흰 지팡이로 그 부분을 두드리며 걷지요. 진영이는 그 지팡이로 당당하게 혼자 걸어 다니고 싶어 했어요. 그러나 동네에서는 이웃들의 시선을 의식하는 부모님을 배려하느라 그렇게 할 수 없었지요. 부모님은 진영이의 고집에 자취를 허락했고 진영이는 혼자 밥을 해 먹으며 고3 시절을 보냈어요.

비장애인 학생들과 함께

진영이는 4시 반에 수업이 끝나면 그 원룸으로 들어가서는 다음 날 등교할 때까지 나오지 않았어요. 방 안에서 계속 공부만 한 것이지요. 의지할 수 있는 건 오로지 이비에스(EBS) 방송과 인터넷 수능 방송이었어요. 여러분 같은 비장애 학생들은 공부를 하려고 마음만 먹는다면 문제집을 수십 권도 더 풀 수 있어요. 하지만 시각 장애인들은 이비에스에서 나온 교재 딱 하나밖에 쓸 수 없어요. 그것만 점자 변환이 가능하거든요. 얼마나 불평등해요? 주변의 모든 조건이 "너는 대학에 가지 마."라고 말하고 있는 것과 다름없지요. 입시 공부를 하면서 진영이는 그에 대한 문제의식을 더 많이 느끼게 되었어요.

대학을 정할 때도 고민이 많았어요. 로스쿨에 진학해 판사나 변호사가 되겠다는 꿈은 정했지만 어느 학과를 갈지에 대해서는 막연하다고 했지요. 사회학, 법학, 정치학에 두루 관심이 많았거든요. 그 무렵 진영이와 참 많은 편지를 주고받았지요. 대학을 정하고 원서를 쓴 뒤에는 수능 점수 최저 학력 기준 때문에 고민이 많았어요. 그래서 부천에 있는 한 여고에 선생님으로 있는 제 친구에게 제가 부탁을 했어요.

"고3 학생들하고 이 친구랑 스터디를 하게끔 엮어 줄 수 있겠니?"

제 친구가 다행히 사회과 선생님이었어요. 사회 문화랑 윤리, 윤리와 사상 과목의 스터디 그룹을 만들어 보겠다고 했어요. 학교에 가서 아이들에게 공부를 잘하건 못하건 상관없이 이렇게 제안했대요.

"일주일에 한 번, 두 시간씩 우리 교실에서 시각 장애인 친구와 함께 문제 풀이를 해 줄 봉사자를 구해요. 참여하는 학생들에게 봉사 점수를 주겠어요. 해 볼 사람 있어요?"

제 친구는 성적이 좋은 아이들이 함께하면 진영이에게 좀 더 도움이 되겠다고 은근히 기대했대요. 그런데 공부 잘하는 아이들은 아무도 손을 안 들더래요. 일부러 진영이에게 갈 필요 없이, 진영이가 학교로 오게끔 한다는데도 이런 봉사가 자기 공부에 방해가 될 거라고 생각한 거예요. 그런데 성적이 중간 정도인 친구들이 윤리와 사상 셋, 사회 문화 셋 이렇게 손을 들었어요. 그래서 그 친구들과 석 달 동안 스터디를 하게 됐어요. 진영이는 그 친구들 덕분에 문제집을 여러 권 풀 수 있었지요.

결과는 어떻게 나왔을까요? 비장애인 친구들도 원래 모의고사를 보면 3등급 정도 나오던 친구들인데, 진영이까지 모두 수능에서 1, 2등급을 받았어요. 같이 공부하는 게 그만큼 좋은 거예요. 그리고 아이들은 단지 성적만 올라간 것이 아니라 좋은 친구들도 얻게 되었어요. 비장애인이었던 여학생 셋은 '장애가 있는 사람도 우리랑 똑같구나.'라는 것을 알게 되었고, 진영이는 비장애인 친구를 갖고 싶다던 소원을 이루었지요. 서로에게 무척 좋은 에너지를 주게 됐지요.

그렇게 열심히 노력한 끝에 진영이는 연세대학교 사회학과에 합격했어요.

대학교에 입학하던 날

3월 입학식을 앞두고 진영이가 지팡이만 가지고 자기 혼자 학교에 가 보겠다고 하더군요. 집이 인천 부평구에 있으니 마을버스를 타고 부평역에 가 지하철로 갈아탄 뒤 서울까지 가야 하는 일이지요. 아침 8시에 출발했다고 연락이 왔어요. 부모님은 걱정이 많으셨지만 진영이는 설레는 목소리였어요. 그런데 그날, 오후 4시가 넘도록 연락이 없었어요. 부모님은 부모님대로 난리가 나고 저도 안절부절못했지요. 4시 반이 되어서야 진영이에게 전화가 왔는데 이런 말을 하는 거예요.

"이모, 자세한 이야기는 할 수 없고요, 제가 학교에서 직원한테 혐오 발언을 들었어요. 저 억울하고 항의하고 싶어요."

울먹이는 진영이를 달래서 이야기를 들었어요.

"어렵게 학교에 도착해서 기숙사까지 갔는데요, 그 기숙사 담당하시는 분이 제 뒤에서 장님이 무슨 대학이냐고, 귀찮게 됐다고 하시는 거예요."

그 말을 듣는 순간 눈물이 핑 돌고 화가 났어요. 제가 그런데 진영이는 어땠겠어요. 학생처 직원이 대신해 사과를 하며 세 가지 제안을 하셨다고 하더군요. 1안은 그 직원을 해고하는 것. 장애인 차별 금지는 법에도 명시되어 있으니까요. 2안은 그 직원이 진영이에게 사과를 하고 5일 동안 장애인 인권 교육을 받은 뒤 다른 부서에서 일하게 하는 것. 3안은 사과하고 장애인 인권 교육을 받은 뒤 계속 기숙사에서 일하는 거라고 했어요. 제가 물었죠.

"진영아, 너 뭐하고 싶어?"

"1안이요."

그 심정을 모르는 바는 아니지만 다시 물었어요.

"진영아, 그 아저씨가 나이가 얼마나 되어 보여?"

"이모랑 비슷한 것 같아요."

"그러면 그 아저씨가 태어나서 만난 시각 장애인이 네가 처음일지도 몰라."

그랬더니 울면서 제 말이 맞대요. 아저씨가 장님을 처음 봤다고 하더래요. 그것도 너무 속상한 일이지요. 그래서 말했어요.

"진영아, 아저씨가 정말 잘못한 거지만 그건 그 아저씨 개인만의 문제가 아니라 나이가 쉰이 넘도록 시각 장애인을 만날 수 없었던 한국 사회의 문제이기도 해. 그리고 그 아저씨 나이가 이모랑 비슷하다면 너처럼 대학에 입학하는 자식이나 대학에 다니고 있는 자식이 있을 수도 있어. 그 아저씨를 해고하면 그 아저씨의 자녀들은 당장 대학에 못 다니는 거야."

그 후 깊이 고민을 했는지 저녁 9시 반에 다시 전화가 왔어요.

"이모, 저 3안으로 할게요. 이모가 말한 것처럼 어쩌면 그 아저씨도 피해자라는 생각이 들었어요. 시각 장애인을 만난 게 제가 처음이라잖아요."

그리고 그제야 그날 있었던 일을 이야기해 줬어요.

"엄마가 버스를 태워 줘서 부평역 가는 차는 무사히 탔어요. 기사님이 내리는 곳을 알려 주셔서 버스에서 내리는 것까지는 괜찮았어요. 그런데 그 후가 문제였어요. 시각 장애인용 유도 블록을 짚고 가려고 했는데 짚을 수가 없었어요. 가게들이 거리에 세워 둔

간판도 있지요, 가건물도 있지요. 이런 것들 때문에 보도블록이 다 막혀 있는 거예요. 지하도로 들어가야 하는데 도무지 어디가 어디인지 분간할 수가 없었어요. 거기서 얼마나 헤맸는지 몰라요. 겨우겨우 지하도를 내려가서 부평역 지하를 정말 어렵게 찾았어요. 그런데 거기에도 사람이 너무 많아서 시각 장애인 보도블록을 찾을 수가 없었어요. 거기서 또 몇 십 분 동안 헤매고 있는데 한 여학생이 "도와드릴까요?" 하고 물어봤어요. 그래서 나는 지금 서울을 가야 되니까 어떻게 가는지 알려 달라고 했어요. 그 여학생의 도움으로 겨우 서울행 1호선 전철을 탔어요. 그러고 나서 2호선으로 갈아타기 위해 신도림역에서 내렸어요.

사람들을 따라 어찌어찌 2호선 플랫폼까지 갔는데 신촌 방향이 어디인지 헷갈려서 다시 한참을 헤매다 신촌행 전철을 탔어요. 그때는 신촌역에만 도착하면 모든 게 다 해결될 줄 알았는데 그게 아니었어요. 거기서도 연세대까지 가려면 한참을 가야 하는 거예요. 또 다른 여학생의 도움을 받아서 지하역에서 지상으로 나갔고 겨우 건널목에 섰어요. 그런데 이번에는 시각 장애인용 음향 신호기가 울리지 않았어요. 분명히 사람들이 건너는 것 같은데 벨이 안 울리는 거예요. 신촌 건널목에 어떻게 시각 장애인용 음향 신호기가 없어요? 이모, 저 서대문구청에 항의할 거예요.

거기서 학교도 겨우 갔어요. 학교만 도착하면 다 될 줄 알았거든요. 그런데 그 이후가 더욱 '멘붕'이었어요. 학교 안에는 시각 장애

인 유도 블록이 아예 없어요. 그냥 허허벌판인 거예요. 눈물이 나오는 것을 억지로 참고 경비 아저씨에게 저 좀 도와 달라고 말했어요. 그랬더니 경비 아저씨가 학생 지원처까지 데려다 주었어요. 그래서 학생 지원처에 가자마자 진아 누나가 가르쳐 준 대로 이렇게 말했어요. "점자 지도를 보여 주세요." 진아 누나 말대로 점자 지도는 당연히 없었고요. 학생처 직원도 제게 미안하다고 했어요. 어쨌든 학교 학생처 직원이 고생했다면서 "너는 시각 장애인이니까 외국인 학생들이 쓰는 1, 2인용 기숙사로 소개해 주겠다."라고 했어요. 그래서 함께 기숙사까지 가서 방을 확인하고 나오는데, 뒤에서 그 기숙사 직원분이 그런 말을 한 거예요. 이모, 정말 화가 나는 건 학교 어디에도 시각 장애인용 유도 블록이 없다는 거예요. 이러면 안 되는 거잖아요."

저는 그날 진영이에게 말했어요.

"진영아, 넌 학교에 입학한 뒤에 매일이 투쟁의 순간이 될 거야."

점자 투표를 할 권리

진영이는 대학 생활을 잘했어요. 어려움이 없지는 않았지만 무사히 첫 학기를 마쳤지요. 2학기가 되자 학생 회장을 뽑는 선거가 시작됐어요. 보통 선거는 모든 사람이 평등하게 하고 또 비밀 선거로 하는 게 원칙이잖아요. 그런데 점자 투표지가 없으면 진영이는 보통 선거의 원칙에 따른 투표를 할 수 없어요. 진영이가 온전한 투표권을 행사하려면 점자 투표지가 있어야 해요. 그래서 진영이는 학생회를 찾아가서 이야기했어요.

"나도 투표하고 싶어요. 나는 시각 장애인이라서 점자 투표지가 필요해요. 나를 도와서 같이 캠페인해 줄 사람 있어요?"

친구들 몇 명이 의기투합했고, 선거 운동 기간 동안 점자 투표지를 만들어 달라는 캠페인을 진행했어요. 결국 학교가 승인했고 그 대학에서 우리나라 최초로 점자 투표지가 만들어졌어요.

저는 그게 엄청나게 중요한 일이라고 생각했는데 그 소식은 신문에 한 글자도 실리지 않더군요. 그런데 진영이가 막상 대학을 졸업할 때가 되니까 시각 장애인이 졸업생 천 몇 백 명 중 12등 안에 들었다는 이유만으로 케이비에스(KBS)에서 찾아가고 신문에서 인터뷰하고 난리가 나더군요. 진영이도 저도 무척 씁쓸했지만, 그래도 진영이는 인터뷰에 응했어요. 자신이 얼마나 어렵게 대학을 다녔는지 말하고 싶기 때문이었어요.

대학 4년이 진영이에게는 참 힘든 시간이었어요. 대학 교재를 점자로 만들려면 책을 파일로 받아서 점자로 전환해 출력해 주는 컴퓨터에 넣어야 해요. 그런데 저작권을 이유로 그것을 안 해 주는 교수님이 많았어요. 진영이가 교재는 저작권 때문에 파일로 주기 곤란하다면 강의안이라도 따로 보내 주기를 조심스럽게 요청했지만 공평하지 않다는 이유로 거절하는 교수들이 더 많았어요. 그러니 대학 공부를 하는 게 얼마나 힘들었겠어요? 다른 사람들보다 두세 배 더 노력해야만 했고 잠도 제대로 못 잤지요.

진영이가 4년 동안 얼마나 수많은 장면에서 싸워야 했는지, 교수와 얼마나 자주 이메일로 논쟁해야 했는지 저도 미처 다 몰라요. 저는 진영이의 학교생활을 보며 우리가 생각하는 공평, 평등이 얼마나 왜곡되어 있는지 다시 깨달았어요. 공평한 것은 시각 장애인과 비장애인에게 그저 똑같은 기회를 주는 게 아니라, 시각 장애인에게 비장애인과 똑같은 조건을 만들어 주어 공정하게 경쟁할 기회를 주는 거예요. 그걸 비장애인에 대한 역차별이라고 생각하면 안 되지요.

그래도 진영이는 여러 친구들의 도움으로 대학을 졸업할 수 있었어요. 아마 그 친구들에게 시각 장애인 친구는 진영이가 처음이었을 거예요. 그들은 시각 장애인을 위해서 무엇을 도와야 할지, 무엇이 공정한 것인지 잘 몰랐을 거예요. 그런데 김진영이라는 한 사람 덕분에 내가 장애인을 위해서 할 수 있는 일이 무엇인지, 우리 사회가 장애인의 인권을 위해서 무엇을 해야 되는지를 알게 되었을 거예요. 저는 그런 의미에서 친구들에게 진영이가 나눠 준 게 더 많다고 생각해요.

약하고 가난한 사람들은 우리가 어떻게 나누고, 어떤 복지 정책을 만들어 가야 하는지를 고민하게 해 주는 중요한 열쇠예요. 우리는 모두 다 다를 수밖에 없고, 누구나 다 한두 가지씩 결핍이 있어요. 그것을 메우는 건 사회적인 연대예요. 장애인과 비장애인이 함께 살아가기 위해서는 몇 사람의 노력이 아니라 사회 전체의 변화가 필요해요. 함께 살아갈 수 있어야 모두 다 행복해질 수 있어요. 그게 평화예요. 여러분 누구나 다 평화를 만들 수 있어요. 우리가 어떻게 나누는지를 몰라서 평화가 방치되어 있을 뿐이에요.

진영이는 그 후 로스쿨에 합격해 2018년 봄부터 법 공부를 시작했어요. 공부방 형, 누나 들은 진영이가 법조인이 되어서 약자의 편에 서는 판사나 변호사가 될 거라 기대하고 있어요.

여러분도 가까이에 시각 장애인이 있다면 외면하지 않았을 거예요. 점자가 어떤 건지에 대해서도 무심하지 않았을 거예요. 사실 장애인들은 우리와 똑같이 이 교실 안에서 함께할 수 있어야 해요. 그러나 우리 사회는 지금까지 장애인과 비장애인을 분리하고, 가장 기본적인 인권인 이동권조차 보장하지 못했어요. 그래서 우리는 일상생활 속에서 장애인을 만날 기회가 드물어요. 자주 만난다면 장애인들을 배려하고 그들과 함께하는 것이 더 익숙해질 거예요. 내가 가진 능력을 나를 위해서만이 아니라 타인을 위해서 쓰게 될 거예요.

내게 장애가 없다면 나의 두 다리, 두 팔, 두 눈을 사회를 위해서, 내가 함께하는 사람들을 위해서 어떻게 나눌지 고민해 보세요.

그런 고민을 하다 보면 우리 사회는 지금보다는 좀 더 행복해질 거예요. 그리고 여러분도 나를 위해서 내 손을 잡아 줄 사람이 있다는 믿음 덕분에 지금보다 훨씬 더 행복하게 살 수 있어요.

평화는 특별한 것이 아니에요. 그저 함께 사는 것이지요.

4

교복 치마를 둘러싼 싸움

제 작은딸이 고1 때의 일이에요. 고등학교에 입학하게 되어서 교복을 맞추러 갔어요. 강화는 작은 군 단위 지역이라서 교복점이 세 군데 정도 돼요. 아주 비싼 곳이 있고, 중간 정도 되는 데가 있고 싼 데가 있어요. 저희 딸은 중간 정도 되는 데 가서 맞추겠다고 했어요. 큰애 때부터 단골이었던 곳이고 오랫동안 여고의 교복을 맡아 온 곳이라 알아서 잘해 주겠지 하고 치수만 재고 왔어요. 별다른 추가 주문은 하지 않았어요.

열흘 있다가 찾으러 가서 딸이 입은 걸 보니 예쁘더라고요. 딸도 아주 마음에 들어 했어요. 치마 길이도 적당했죠. 그 말 한마디는 물어봤어요. "단은 충분한가요? 혹시 키가 크면 너무 짧아지지는 않을까요?" 적당하다는 대답을 듣고 안심하고 찾아왔지요.

딸은 고등학교에 입학한 뒤 좀 힘들어했어요. 학교에서 1학년 때부터 대학 입시에 대한 압박을 주고 기숙사를 강권한다기에 그래서 그런가 보다 했죠. 그런데 한 보름쯤 지나서 치마 길이가 너무 짧다며 늘여야 한다더군요. 제가 늘여 주겠다니까 자기 치마가 워낙 짧은 편이라 단을 거의 다 내려야 한다고, 교복점에 맡겨야 한다고 하더라고요. 며칠 뒤에 정말 단이 1센티미터도 남지 않게 치마를 늘여 왔어요. 그런데 다시 보름쯤 지나서 그러는 거예요.

"엄마, 어쩌면 학교에 와야 할지 몰라."

"왜?"

"벌점 때문에. 30점 채워지면 부모님들 모셔 오라 한대."

"네가 벌점 받을 게 뭐 있다고?"

입학해서 지각 한 번 한 적 없는 데다 말썽을 부릴 애가 아니라 어리둥절했어요. 딸이 우물쭈물하다 말하기를 교복 치마 때문이라는 거예요. 그래서 이미 늘이지 않았냐고 하니까 그걸로 부족하다고 했대요. 자기 학교에는 교복 치마 길이 규정이 있는데 무릎 아래 5센티인가, 3센티인가 그렇대요. 치마를 줄이기 전에 교문에서 몇 번 걸려서, 친구들하고 꾀를 낸 게 지퍼를 내려 치마를 약간 밑으로 내려 입는 거였어요. 그런데 그런 아이들이 많다는 소문이 났는지 다음부터는 점심시간에 복장 검사를 했다는 거예요. 겨우 1년 선배들이 점심시간에 교실에 와서 교복 블라우스를 들어서 치마를 내려 입었는지 아닌지를 검사하는 거죠. 그리고 자를 가지고 와서 치마 길이를 재는 거예요. 그래서 치마 길이를 늘였는데 학생 부장이 그 길이도 짧다며 치마에 다른 천을 대서 길이를 늘이든가 새로 맞추라고 했대요.

제가 그랬죠. 아니, 입학한 지 한 달도 안 돼서 교복을 새로 맞추라는 게 말이 되냐고요. 그랬더니 딸이 하는 말이 자기네 반 아이들 중 절반이나 이미 새로 맞췄다는 거예요. 그래서 제가 딸에게 어떻게 하고 싶으냐고 물었죠. 딸은 그동안 참았던 것을 토로했어요.

"내가 교복을 일부러 짧게 맞춘 것도 아니고 다른 애들도 다 마찬가지야. 교복점에서 알아서 예쁘게 해 주니까 그냥 입은 건데 그걸 아침마다 검사하고, 교실까지 와서 길이를 재고, 더욱이 난 최대한으로 늘였는데 그것도 부족하다고 다시 맞추라면서 나를 불량 학생 취급하는 것도 너무 기분 나빠."

그래서 저와 남편이 물었어요.

"너는 어떻게 하고 싶은데?"

"그냥 새로 맞춰 입는 건 억울해. 그리고 이건 인권 침해잖아. 겨우 한 살 차이인 2학년한테 복장 검사를 받는 것도 기분 나빠."

저희도 동의했어요. "지금이 유신 시대도 아니고, 교복을 가지고 복장 검사를 한다는 건 엄마 아빠도 부당하다고 생각한다, 그래도 네가 그냥 다른 애들처럼 옷을 새로 맞춰서 입겠다면 그렇게 해 주겠다, 하지만 네가 여기에 굴복하지 않고 문제 제기를 하겠다면 엄마 아빠가 돕겠다."라고 이야기했어요. 그랬더니 딸이 싸워 보겠다고 하더라고요. 저는 각오가 필요할 거라고 말했어요. 일이 생각보다 커질 수도 있고 국가인권위원회에 제보를 해야 할 수도 있다고요. 선생님들이 고작 교복 문제에 이 난리 법석을 떠느냐고 안 좋은 시선을 보낼 수도 있다고도 했어요.

그런데도 딸이 해 보겠다고 하기에 큰딸이 다닐 때부터 그 학교에 계시는 선생님께 연락을 했어요. 학교에 그런 복장 규정이 있는지, 딸이 부당하다고 느껴서 과도한 복장 규제에 맞서 보려고 하는데 괜찮겠는지 여쭤 봤지요. 그 선생님은 복장 규제가 과한 측면이 많다고 인정하셨고, 교칙에 어떻게 명시되어 있는지 찾아보겠다고 하셨어요. 그리고 입학할 당시에 나눠 준 교복에 관한 규정이 있긴 하지만 다분히 형식적인 거였는데 새로 오신 교장 선생님이 과도하게 학생들을 규제한다고 말씀하셨어요. 선생님도 문제의식을 갖고 있으니 만약 제 딸이 문제 제기를 하겠다면 당신도 뒤에서 돕겠다고 하셨지요.

완고한 학교

그런데 다음 날, 학교에 가 있는 딸에게서 문자가 왔어요.

"엄마, 나 벌점 꽉 차게 생겼어."

또 치마 길이로 걸린 거예요. 그래서 남편이 학교에 가게 되었어

요. 가서는 교무부장 선생님께 우리 딸은 교복 치마를 맞출 때 일부러 길이를 짧게 해 달라고 한 것이 아니다, 게다가 학교에서 지정해 준 업체에 가서 맞추었다고 얘기했어요. 그런데도 이렇게까지 규제하는 건 인권 침해 아니냐고 물었지요. 그랬더니 그 부장 선생님께서 학교 규칙이 정리된 서류를 내보이면서, 여기에 이렇게 치마 길이 기준이 써 있다고 하시더래요. 그게 학교 홈페이지에도 게시되어 있다면서요. 입학할 때 분명 복장 규정에 대한 안내를 했는데 그것을 제대로 숙지하지 않은 학생 잘못이라는 거예요. 아무리 지정 교복점이라도 학생이 학교 규정을 말했어야 한다는 거예요. 교무부장이나 교감 선생님 모두 학생의 실책이니 부모님이 오셔서 이럴 문제가 아니라고 했어요. 그래도 남편이 수긍하지 않자 교장 선생님께 데려가더래요.

남편은 교장을 만나 이제까지의 과정을 설명하고 이미 맞춘 교복을 최대한 늘였다면 학교에서도 허용해야 하는 게 아니냐고 말했어요. 그랬더니 교장이 학생들이 교복이 단정해야 공부도 열심히 한다는 식으로 고집을 피우더래요. 그래서 남편이 이미 교복을 맞춘 학생들에게 다시 교복을 맞추게 한다는 건 너무 과도한 복장 규제다, 형편이 어려운 학부모도 있을 것이다, 이건 학생 인권 침해이니 해결되지 않는다면 국가인권위원회까지 가겠다고 말했어요.

그러자 교장 선생님이 갑자기 제 딸이 옷을 맞춘 양장점에 전화해서 애들 교복을 이런 식으로 만들면 어떻게 하느냐고, 당신 교복점과 앞으로 관계를 끊을 수도 있다는 식으로 협박을 하더라는 거예요. 그러면서 이따가 최솔비라는 학생이 갈 테니 교복을 거저 하나 맞춰 주라는 식으로 이야기를 하더래요. 남편은 교장 선생님의 그런 태도가 더욱 실망스러워 우리의 문제 제기를 잘못 이해하신 것 같다고 말하고 나왔대요. 사실 저희 부부는 고민이 되었어요. 아이가 앞으로 3년 동안 학교를 다녀야 할 텐데 저 완고한 학교와 고집불통인 교장과 맞서 싸울 수 있을까? 그런데 그날 밤에 딸이 오더니 막 울면서 이렇게 말했어요.

"엄마, 나 그만하고 싶어. 내가 오늘 교복점에 갔었는데 아저씨가 공짜로는 못 해 주고 반값에 해 준대."

"아니, 그렇다고 여기서 멈추면 어떻게 해? 시작하자마자 포기하겠다고?"

"애들이 교복점에서 나는 반값에 새로 해 준다고 했다고 부럽대. 누구든 나랑 같은 생각을 가진 애들이 함께해 줘야 하는데 아무도 그럴 생각이 없어. 나더러 멋있다고만 하지 같이 싸우겠다는 애들은 없어. 나 앞으로 3년을 다녀야 하는데 친구들 사이에서 튀고 싶지 않단 말이야."

저희는 어이가 없었죠. 남편은 교장까지 만나서 인권위에 가겠다고 이야기했고, 제가 먼저 의논했던 선생님도 솔비 편이 되어 끝까지 싸워 주시겠다고 하신 상황이었으니까요. 그래서 딸에게 이렇게 흐지부지해 버리면 학교는 아무것도 바뀌지 않는다고, 네가 결심을 하고 용기를 냈으면 끝까지 해 봐야 한다고 말했어요. 그런데도 딸은 그만하겠다고 선언해 버렸어요. 처음에는 좀 속상하더라고요. 내 딸이 이렇게 약해 빠졌나? 왜 다른 아이들은 나서지 못했을까? 그런데 딸의 처지가 이해되지 않는 건 아니었어요. 그래서 딸의 선택을 존중해 줘야 한다고 생각했어요. 시작하는 것이 딸의 선택이었듯이 그만두는 것도 딸의 선택이어야 했죠.

그러면서 이런 생각이 들었어요. 이번에는 지렁이처럼 밟히자 한 번 꿈틀해 본 거다, 이렇게 한 번이라도 꿈틀하는 경험을 가진 아이가 나중에 사회에 나가 더 큰 힘을 가진 부당한 세력과 싸울 때 다른 사람들보다 좀 더 용기를 낼 수 있지 않을까? 실패한 경험이긴 하지만 그래도 "이런 강압적인 규칙에 반대합니다."라고 한 번이라도 말해 본 경험이 있다면 사회에 나가서 자기 목소리를 낼 수 있지 않을까 생각했어요.

딸은 결국 5만 원을 주고 교복 치마를 새로 맞췄어요. 반값이 아니라 제값을 다 냈지요. 그런데 한 달쯤 지나 그러더라고요.

"엄마, 나 이 교복 진짜 못 입고 다니겠어. 그냥 바지 맞출래."

"교복 바지는 허용이 돼?"

"응. 근데 되게 웃겨. 교복 바지는 별다른 규제가 없어."

그래서 딸은 교복 바지를 자기 취향에 맞게 발목이 드러나는 스키니 스타일로 맞춰서 입고 3년을 보냈어요.

공부 잘하는 친구에게 양보하라고?

또 다른 사건을 이야기할게요. 제 딸이 고등학교 3학년 때였는데, 학기 초에 3학년 반 대표들 모임에서 '학년장'을 뽑았대요. '3학년장'은 전체 학생회장과는 달리 고3 1년 동안 3학년 학생들을 위해 봉사하는 역할 같은 거였나 봐요. 딸은 전혀 생각지도 않았는데 친구들의 추천으로 3학년장이 되었대요. 그런데 며칠 뒤 3학년 학년부장과 3학년 다른 반 선생님이 딸을 부르더래요. 그러면서 네가 계속 3학년장을 할 거냐고 묻더래요.

부족하지만 친구들을 위해 열심히 해 보겠다고 대답했더니 그 선생님들이, 너는 어차피 상위권 대학에 갈 성적이 안 되는데 왜 굳이 하려고 하느냐며 차라리 공부 잘하는 애들한테 양보해서 그 아이들이 좋은 대학에 가는 '스펙'으로 활용하게 하라는 식으로 말하더래요. 눈물이 나오려는 걸 꾹 참고 왔다면서 어떻게 해야 할지 고민하더군요.

당연히 저는 친구들이 추천해서 맡게 된 일을 선생님들의 강요로 그만둔다는 건 말이 안 된다고 했어요. 학년장을 한다는 건 오히려 네 공부 시간을 할애해 봉사를 하는 것이나 마찬가지라고, 책임이 주어졌으니 열심히 해 보라고요. 다행히 딸의 담임 선생님도 물러서지 말고 꼭 책임을 다하라고 응원해 주셨어요. 그런데 학년

부장 선생님은 딸이 계속하겠다고 하자 협박하듯이 이렇게 말하더래요.

"너 성적 떨어지기만 해 봐."

얼마 전 인천의 한 여학교에서 있었던 일인데요, 갑자기 학교에 단수가 된 거예요. 그래서 단축 수업을 할 거라고 생각했는데 교장 선생님이 외출 중이라며 오시는 대로 물탱크를 설치하겠다고 했대요. 그런데 외출한 교장 선생님은 한나절이 지나도록 오지 않았고, 학생들은 학교 밖에 있는 보건소까지 가서 볼일을 봐야 했어요. 서민 지역에 있는 이 학교는 학부모들의 입김이 세지 않은 곳이에요. 그러니 학교에 물이 안 나오는 상황에서도 단축 수업을 하지 않을 수 있었던 거예요. 여학교라 생리 중인 학생들도 적지 않았을 텐데 한나절 넘게 물이 나오지 않는 학교에 있게 한다는 건 상상할 수 없는 일이지요.

그 일이 있고 한 학생이 학교의 대처에 대해 문제 제기하는 건의서를 써서 냈다고 해요. 그런데 학생의 건의에 대해 선생님들이 의논해서 납득할 만한 설명이나 대책을 내놓는 것이 아니라 어떤 학생이 이런 건의서를 냈는지 찾아내는 데만 혈안이 되었어요. 결국 교감을 비롯한 몇몇 선생님이 시시티브이(CCTV)를 돌려서 그 학생을 찾아 문책했다고 해요.

학생들이 목소리를 내려면

여러분들도 학교에서 공공연하게 일어나는 성추행이나 성폭행 문제를 알고 계실 거라 생각해요. 요즘 대학교나 고등학교에서 일어나는 '미투(me too)' 운동의 배경에는 몇몇 선생님의 성희롱이나 성추행이 '딸 같아서', '그저 친밀감을 표현하기 위해서'라는 식으로 치부되어 오랫동안 지속되어 온 문제가 있어요. 학교는 어찌 보면 다른 어떤 공간보다 더 보수적이고 폐쇄적인 곳이에요. 한 사회의 인권 의식이나 평화에 대한 감수성을 알아보는 데 학교만큼 알맞은 곳은 없는 것 같아요.

그런 면에서 저는 청소년들이 자신들의 인권을 위해 스스로 목소리를 내야 한다고 생각해요. 그런데 대학 입시를 앞둔 고등학생들은 문제의식이 있어도 솔직하게 드러내지 못하는 경우가 많아요. 혹시나 학생부를 쓸 때 자신에게 해가 되지는 않을지 걱정할 수밖에 없으니까요.

작년에 어느 여자 고등학교에서 있었던 일이에요. 한 학생이 담임 선생님과 면담을 하고 난 뒤 불쾌한 느낌이 들었대요. 선생님이 자신을 격려한다고 어깨를 만졌는데 느낌이 좋지 않았던 거예요. 면담을 하는 과정에서 좀 더 가까이 오게 하거나 무릎을 마주 대거나 했는데 그걸 성추행이라고 하기가 애매하더래요. 집에 가서 엄마한테 말했더니 네가 잘못 생각하는 거라고, 괜히 다른 애들한테 말하지 말라고 자칫하면 너한테 손해가 될 거라고 했대요. 그래서 혼자 찜찜한 느낌을 삭였대요. 그런데 한 학기가 지나갈 때쯤 같은 반 친구와 이야기를 하다가 그 친구도 그런 경험을 했다는 걸 알게 되었어요. 알음알음 알아보니 성적이 중간 정도 되는 학생들이 대부분 그런 불쾌한 경험을 한 거예요. 그래서 학생들이 모여서 담임 선생님의 성추행에 대해 건의를 하게 되었어요. 학교 차원에서 조사를 했고 담임 선생님은 병가를 내는 걸로 무마되었어요.

그런데 그 과정에서 학생들의 인권이 더 탄압을 받았어요. 선생님들은 학생들에게 자칫하면 너희에게 불이익이 갈지 모르니 그 사건에 대해 다른 반 학생들은 모르게 하라고 했을 뿐 아니라, 학생들 사이를 이간질하기까지 했어요. "몇몇 학생이 성추행 운운하는 바람에 담임 선생님이 중간에 바뀌었으니 너희에게 손해다. 생활 기록부에 기재할 내용이 빠질 수 있다."라는 식으로 겁을 준 거죠. 그러자 성적이 좋은 아이들이 담임 선생님의 성추행을 폭로한 아이들을 원망하기 시작했어요. 피해 학생들은 이중의 고통을 받게 되었지요. 자신들 편이라고 믿었던 선생님들은 그 사건에 대해 침묵하고, 친구들은 자신들에게 피해를 끼쳤다는 원망을 쏟아 내니까요. 거기다 학부모들은 정말로 학생들 개인에게 피해가 갈까 전전긍긍했고요.

문제의식을 갖고 목소리를 낸 학생들이 문제 해결 과정에서 학교에 대해 더 실망하고, 더러는 괜히 나섰다는 후회를 하는 모습을 종종 보게 돼요. 고등학교 과정이 대학에 종속되어 있으니 학생들 역시 대학 입시에 대한 부담을 떨쳐 버릴 수 없고, 자신에게 올지 모를 불이익 때문에 침묵하게 되는 거예요.

문재인 정부의 교육부에서는 대학 입시 제도를 개편하기에 앞서 제도 개혁에 대한 논의를 공론화하고 학부모나 다른 교육 주체들의 의견을 조율하고 있다고 하는데, 그 교육 주체 중에 학생은 없는 걸로 알고 있어요. 저는 현 정부가 어떤 방향으로 대학 입시 제도를 개혁해야 할지 확고한 교육 철학이 없는 게 안타까워요. 여러 사람의 입맛에 맞는 개혁이 아니라, 엉망이 된 한국 교육을 바로 세우는 개혁이 되어야 한다고 생각해요.

교육부가 개혁의 방향을 제시할 의지와 역량이 부족해 공론화를 통한 개혁을 하려고 했다면 교육 주체인 학생들의 의견도 반드시 들어야 한다고 생각해요. 그저 자신에게 무엇이 유리하고 불리하냐가 아니라 고등학교 교육 과정의 주인공인 학생들이 직접 자신들의 학습권, 인권을 어떻게 보장할 수 있는지에 대해 고민하고 토론해서 자신들의 의견을 정책에 반영할 수 있어야 하니까요. 또 학생들 스스로 학생 인권 문제와 대학 입시 문제를 따로 분리해야 해요. 학교 안에 있는 벽을 허물어 인권이 존중받고 학생과 교사가 서로 소통하려면, 학생들 스스로 자기 목소리를 내야 해요. 그러기 위해 저 같은 어른들은 목소리를 줄여야겠지요.

5

나를 불쌍하게 쓰지 마세요

2004년의 일이었어요. 국가인권위원회에서 인권 동화를 기획하는데 이주민들의 이야기를 담고 싶다며 제게도 참여를 권했어요. 저 역시 이주민에게 관심이 많아 참여하기로 했지요. 마침 지인의 소개로 만난 조선족 동포와 함께 기차를 타고 중국의 톈진, 베이징, 창춘, 지린, 지안을 돌아보고 온 터라 저는 조선족 이주민의 이야기를 쓰고 싶었어요. 그런데 다른 작가가 이미 조선족 이야기를 쓰기로 정해졌다고 하더군요. 막막해하고 있을 때, 부천에서 이주노동자 지원 활동을 하는 이란주 씨를 알게 되었어요. 란주 씨는 제게 방글라데시 소녀를 소개해 주었지요. 나지아라는 초등학교 5학년 여학생이었는데 가족과 함께 한국에 와 있었어요.

나지아를 처음 만난 날, 솔직하게 말했어요.

"나지아, 내가 동화를 써야 해. 그래서 너를 알고 싶어. 네가 작가라면 네 이야기를 어떻게 쓰면 좋겠어?"

그랬더니 이렇게 말하더군요.

"저를 불쌍하게 쓰지 마세요. 내가 한국에서 친구들과 사이좋게 노는 것을 써 주세요."

저는 나지아를 좀 더 알고 싶었어요. 그래서 두 번째 만남 때는 저희 가족과 함께 나지아네 가족을 만났어요. 부천에서 만나 인사를 하고 밥도 같이 먹었죠. 나지아네도 우리처럼 딸만 둘이었어요. 네 살이던 동생 떠즈비아는 일하는 엄마 아빠 때문에 일찍부터 어린이집을 다녀 방글라데시 말보다 한국어가 더 익숙했어요.

나지아네는 엄마가 먼저 한국에 왔대요. 나지아 엄마는 학력이 높고 활동적인 분이에요. 한국에 온 지 얼마 안 돼 임신을 했다는 걸 알게 됐어요. 그래서 다니던 공장을 그만두고 친구들의 도움을 받아 부천에 작은 음식점을 냈어요. 방글라데시, 파키스탄, 인도 음식을 팔았대요. 나지아 엄마는 벵골어뿐 아니라 파키스탄에서 쓰는 펀자브어도 할 줄 알았고, 친정이 인도 콜카타라 인도 사람들하고도 두루 친했어요. 성격이 괄괄하고 인정이 많아서 나지아 엄마의 식당은 이주민들의 사랑방이 되었대요. 그뿐만 아니라 인도, 파키스탄, 방글라데시 노동자들에게 문제가 생기면 같이 해결해 주기도 했대요.

떠즈비아를 낳을 무렵, 경찰 공무원이던 나지아 아빠와 나지아도 한국으로 왔어요. 떠즈비아를 엄마 혼자 키울 수 없었기 때문이지요. 똑똑한 나지아는 금세 한국어를 익혔고, 한국 학교에 가고 싶어 했어요. 그런데 그때까지도 우리나라는 불법 체류 아동들에게 한국 학교에 다닐 기회를 주지 않았어요. 명백한 유엔 아동 권리 협약 위반이지요. 다행히 여러 사람의 항의와 운동으로 불법 체류 아동들도 학교에 다닐 수 있게 되었고 나지아도 초등학교 5학년에 들어가게 되었어요.

나지아는 엄마만큼이나 씩씩하고 야무진 아이였어요. 학교에 들어가기 전 9개월 동안 나지아는 이주노동자센터의 활동가들을 도와서 한국말에 서툰 이주 노동자들의 말을 통역해 주었어요. 학교에 다니게 된 뒤에도 그 일을 계속했지요. 방글라데시나 파키스탄에서 온 노동자들을 모두 삼촌이라고 부르면서 삼촌 중 누군가가 불법 체류자 단속에 걸리면 가서 통역을 하기도 하고 때로는 임금을 체불한 사장에게 따지기도 했어요.

고용 허가제가 시작되면서

방글라데시에는 아무리 가난해도 손님을 후하게 대접하는 문화가 있어요. 그래서 주말에 몇 번 만나고 나자 나지아네는 우리 가족을 집으로 초대했어요. 기쁜 마음으로 찾아가 보니 다세대 주택의 반지하 집이었어요. 그 좁은 집에서 나지아 엄마는 우리를 위해 방글라데시 음식을 만들었어요. 한국 사람인 우리가 먹을 수 있게 향신료를 적게 써서요. 염소 고기가 주재료였는데 비위가 약한 저와 달리 남편과 딸들은 아주 맛있게 잘 먹었어요. 그다음에는 제가 나지아네를 집으로 초대해 꽃게찜을 대접했죠. 방글라데시는 이슬람 국가이고 나지아네도 이슬람 신자들이라 돼지고기를 먹지 않았거든요. 그렇게 우리는 주말마다 서로의 집을 오가며 지냈어요. 나지아네 가족은 저희 가족에게 친구들을 소개해 주었고, 저희도 공부방 식구들을 소개해 함께 만났어요. 어렵게 시간을 내 롯데월드에 놀러 가기도 하고, 아이들을 서로의 집에 보내기도 했죠.

나지아네는 한국에 정착하기 위해 애썼어요. 나지아 엄마는 떠즈비아를 어린이집에 맡길 수 있게 된 뒤에는 미용 기술을 배우며 틈틈이 미용 기구들을 사 모았어요. 나지아 아빠는 이주 노동자 단속이 심해지면서 야간에만 일을 했고요.

그 무렵, 한국에서 '고용 허가제'라는 것을 도입하기로 했어요. 그 전에는 산업 연수 제도가 있었는데 이 제도 아래에서는 공장을 떠나 불법 체류자가 되는 경우가 많았어요. 2년 동안 합법적으로 일할 수 있는 제도라고는 하지만, 노동 현장이 열악한 데다 인권 탄압도 심했거든요. 이주 노동자를 '연수생'이라고 부르며 근로기준법에 따른 권리 일부를 배제하기도 했고요. 고용 허가제는 이를 보완하는 제도라고는 하나 결국 고용주들을 위한 제도이기는 마찬가지였어요.

어쨌든 정부는 고용 허가제를 실시하면서 이전까지 있던 불법 체류 노동자들이 본국으로 돌아가도록 했어요. 나지아네는 고민 끝에 아빠만 남고 나지아와 떠즈비아, 엄마는 방글라데시로 돌아가기로 했어요. 계속 한국에 있다가 불법 체류자로 걸리면 완전히 추방당해 한국에 올 기회가 없어지거든요. 나지아는 나중에 커서라도 한국으로 오고 싶어 했고 그러려면 불법 체류자가 되면 안 되었죠. 다행히 나지아 아빠는 워낙 성실하고 일을 잘해 한국 사장이 계속 고용하겠다고 했어요.

그렇게 나지아네는 방글라데시로 떠나게 됐어요. 나지아네가 떠나기 전, 함께 놀이 공원에 갔어요. 집에 갈 때가 다 되었는데도 서로 헤어지기 싫어해 결국 나지아네로 다시 가서 오랫동안 이야기를 나눴어요. 정 많은 나지아 엄마와 손을 잡고 한참을 울었죠.

한국으로 돌아오는 꿈

나지아 엄마는 방글라데시로 돌아가 미용실을 차렸고, 나지아와 떠즈비아는 금세 학교생활에 적응했어요. 우리는 자주 통화를 했고, 이메일로 사진을 주고받았어요. 처음에는 서로 많이 그리워했지만 시간이 지나며 각자의 생활에 익숙해졌어요. 아이들이 중

고등학생이 되면서는 소식이 더 뜸해졌지요. 그래도 한국에 남은 나지아 아빠와는 계속 연락을 하고, 몇 달에 한 번씩 만나 밥을 먹었어요. 불법 체류자인 나지아 아빠가 단속에 걸리기라도 할까 봐 주로 우리가 부천으로 갔지요.

그러다 나지아 아빠가 지방 어딘가에 있다는 소식을 알려 왔어요. 부천에서 10년 가까이 일한 곳에 단속이 떠서 야반도주를 한 거예요. 그 뒤로 단속을 피해 경기도, 충청도 등지에서 일한다고 했는데 어느 날 전화가 왔어요.

"누나, 나 여기 화성외국인보호소예요."

겁에 질려 울먹이는 나지아 아빠를 달래 주고 화성으로 가려는데, 이번에는 나지아 엄마에게서 연락이 왔어요. 나지아 엄마도 소식을 듣고 속상해서 울고 있었죠. 나지아 엄마는 미용실이 자리 잡을 때까지 나지아 아빠가 한국에 있어 주기를 바랐거든요. 그동안 부부가 겪은 어려운 고비가 많았기 때문에 더 속상했던 것 같아요. 나지아 엄마를 달래고 어차피 나지아 아빠가 방글라데시로 가게 됐으니 필요한 게 없나 물었어요. 그러자 나지아 엄마답게 슬픔 속에서도 씩씩하게 말했어요.

"언니, 저 한국 밥솥 좀 보내 주세요! 진라면 한 박스하고요. 돈은 거기 있는 나지아 아빠에게 받으시고요."

진라면은 나지아가 가장 좋아하는 라면이에요. 저는 화성으로 가면서 나지아 엄마가 말한 전기 압력 밥솥과 진라면, 그리고 나지아가 읽을 한국 책 몇 권과 간식을 샀어요. 화성에서 만난 나지아 아빠는 얼굴이 많이 상해 있었어요. 포항에 있는 산업 폐기물 처리 업체에서 일하고 있었는데, 그 업체가 바다에 산업 폐기물을 불법으로 버린 것이 환경청에 발각되면서 이주 노동자들도 함께 발각되었다 하더군요. 나지아 아빠는 계속 눈물을 흘렸어요. 한국에서 살아온 10년이 모두 물거품이 되는 순간이었어요. 저는 나지아 아빠에게 말했어요.

"가족에게 돌아가서 이제 좀 편하게 살아요. 나지아가 대학을 졸업하면 한국에 오고 싶다니 그때 보내요. 우리 집에서 지내면 되니까."

면회가 끝나고 보호소로 돌아가는 뒷모습에 저와 남편도 울컥했어요. 원래 나지아는 고등학교까지 방글라데시에서 다니고, 대학은 인도로 유학을 간 다음에, 졸업하면 한국에 와서 일하는 것이 꿈이었어요. 그래서 제 큰딸하고는 계속 연락을 주고받았어요. 그런데 우리나라 경제 사정이 어려워지면서 한국에 오는 것이 힘들어졌어요. 방글라데시의 나라 상황이 불안하고 자연재해도 많아지면서 인도 유학도 좌절되었지요. 그리고 연락이 끊겼어요. 나지아를 소개해 준 이란주 씨도 몇 년 전 방글라데시와 네팔 쪽으로 가면서 나지아를 만나려 했지만 연락이 안 된다고 하더군요.

이미 우리의 이웃

우리는 지금도 많은 이주민과 살고 있어요. 2017년 현재 이주민 수가 200만 명을 넘었다고 해요. 그런데 많은 사람이 여전히 이주 노동자들과 결혼 이주 여성들을 가난하고 '미개한' 사람 취급하고, 우리의 일자리를 뺏는 사람이라고만 생각해요. 이주민들은 벌써 30년 가까이 우리 이웃에 살고 있지만 우리는 그들을 이웃으로 인정하지 않아요. 고용 허가제로 와서 일하는 노동자들조차 불법 체류자라고 생각하고 거리를 두는 경우가 많아요.

불법 체류하는 노동자들에게도 불가피한 사정이 있는 경우가 많아요. 이주 노동자들이 불법 체류자가 되는 경우는 이주민 자신이 돈을 조금 더 벌고 싶어 불법 체류자로 남는 경우보다, 고용 허가제가 가진 문제점 때문인 경우가 많아요. 고용 허가제는 내국인의 일자리를 보호하며 부족한 인력을 충원하기 위해 운영되고 있는 제도예요. 내국인 노동 시장 보호를 위해 외국인의 사업장 변경 횟수를 3년 동안 3회로 제한하고 있어요. 그런데 사업장 변경 시 주어진 구직 기간이 3개월에 불과해요. 3개월 안에 다른 직장을 구하지 못하면 어쩔 수 없이 불법 체류자가 되고 말아요. 또 일하다가 산업 재해를 당하거나 병을 얻었는데 제때 치료받지 못하는 경우, 가족과 떨어져 낯선 땅에서 고립되어 살다가 우울증에 걸려 일을 계속 못 하게 될 경우에도 불법 체류자로 남기 쉬워요.

정부는 이주 노동자들의 인권과 안전을 보장하는 것보다는 불법 체류자들을 막는 데만 신경을 쓰고 있어요. 2014년부터는 이주 노동자들이 퇴직할 때 바로 퇴직금을 받아 가지 못하게 되었어요. 혹시라도 불법 체류자로 남지 않도록 출국 후에야 받게 하는 거예요.

이주 노동자들과 이주민 인권 단체들은 지금의 고용 허가제를, 현재 동포에게만 적용하는 '방문 취업제' 방식으로 바꾸어 국적에 따른 차별을 없애야 한다고 주장하고 있어요. 방문 취업제도 고용 허가제와 마찬가지로 열악한 노동 조건, 임금 체불 문제 등을 가지고 있지만, 그래도 구직과 사업장 이동이 자유롭기 때문이에요. 2017년 '노사발전재단'과 '부천시 비정규직 근로자 지원 센터'에서 한 설문 조사에 의하면 설문에 응한 노동자 중 96.7퍼센트가 일정 기간 돈을 벌면 고국으로 돌아가고 싶다고 대답했다고 해요.

우리의 산업 현장은 이제 이주 노동자들이 없으면 돌아가지 않아요. 공업, 농업, 어업, 서비스업까지 이주 노동자들의 노동이 필요해요. 그렇다면 이들의 인권을 억압하는 '고용 허가제'를 바꿔 불법 체류자들이 생겨나지 않게 해야 하지 않을까요?

나지아와 제 딸은 자신들이 20대가 되면 우리나라에서 이주민에 대한 대우가 좀 나아질 거라 믿었어요. 그러나 오히려 더 나빠졌어요. 여전히 인권 유린과 임금 체불이 계속되고 있고, 많은 이들이 한국 사회에서 고립되어 있어요.

이제 우리는 이주민들의 노동력만 이용하거나, 그들이 한국 사회에 동화되기만을 바라는 이기적인 태도, 근시안적인 사고를 바꿔야 해요. 그들은 이미 우리 사회의 일원이 되었고, 앞으로도 우리와 함께 살아가야 해요. 그러니 우리는 그들의 문화를 배우고 함께 살아갈 길을 모색해야 하고요. 여러분은 어른들과 달리 편견과 차별의 시선을 버리고 이주민들과 적극적으로 함께 살아가는 열린 사람이 되면 좋겠어요.

6

고양이의 상처를 상상하기

언제인가부터 고양이를 키우는 것이 유행이 되었어요. “나만 고양이 없어.” 이런 말이 사람들 사이에서 농담처럼 오갈 정도가 되었지요. 그래서 더 많은 ‘유기묘’도 생기고, 또 한편으로는 고양이에 대한 이해도 높아지고 있지요.

저는 7년 전부터 고양이를 키우고 있어요. 얼마 안 되었지요. 사실 아주 어렸을 때는 강아지를 키웠고, 중고등학교 때는 고양이를 키웠어요. 마지막으로 키운 것이 고등학생 때인데, 한 3년쯤 같이 살던 고양이가 집을 나갔어요. 그때는 2주 동안 날마다 울었어요. 학교에서 수업을 듣다가도 눈물이 뚝뚝 떨어졌죠. 학교 갔다 오면 2.5킬로미터나 되는 골목을 샅샅이 뒤지고 다녔어요. 제가 살던 곳이 공장 지대였기 때문에 도로에서 ‘로드 킬’을 당하지는 않을까 너무 걱정이 되었거든요. 혹시라도 죽었으면 제가 찾아서 묻어 주고 싶었는데 끝내 못 찾았어요. 그 뒤로는 동물을 못 키우겠더군요.

성인이 된 후 인천 만석동에서 살게 되면서 '길고양이'들을 만났어요. 만석동에는 판잣집이 많았는데 사람들이 이사를 가고 난 빈집에 길고양이나 쥐가 살았어요. 도시의 길고양이들의 삶은 정말 힘들어요. 몰골도 꾀죄죄해요. 깨끗한 물을 먹기 어렵고, 상하지 않은 음식도 구하기 힘드니 병에 자주 걸리지요. 또 동네가 철거되고 사람들이 떠나면서 유기된 개들도 늘었어요. 그러나 공부방에는 언제나 도움이 필요한 아이들이 많았고 그 아이들이 먼저였지요. 남편과 저는 안타까운 마음으로 병이 심하게 들어 죽어 가는 개와 고양이 들의 마지막을 지켜 주는 것밖에 할 수 없었어요. 그러다 2001년 강화로 귀농을 하고부터 도시에서 키우지 못하는 개들을 데려가 살게 되었죠.

2011년이었어요. 공부방 식구들과 캠핑을 다녀왔는데 그 사이 인천에 폭우가 쏟아졌더라고요. 만석동에 있는 공부방에서 밥을 주던 길고양이 중에 새끼를 낳은 아이가 있었는데 캠핑에서 돌아와 보니 다들 죽었는지 새끼 고양이 한 마리만 지붕에서 울고 있었어요. 그 새끼 고양이를 구조하기 위해 남편이 사다리에 매달려 40분을 기다렸어요. 고양이가 스스로 다가올 때까지요. 그렇게 또롱이가 우리 식구가 되었죠. 그 뒤 구조된 길고양이들을 한 마리씩 입양하다 보니 지금은 다섯 마리가 되었어요.

상처 입은 고양이들

제가 키우는 고양이들은 다들 마음의 상처나 장애가 있어요. 둘째 고양이 모리는 헤르페스(피부 질환의 일종)와 관절염에 걸려 고생하고 있을 때 누군가 구조해 유기묘 보호소에 보냈는데 2주가 다 되도록 입양자가 나타나지 않아 안락사 위기에 있었어요. 첫째 고양이에게 친구를 만들어 주고 싶었던 터라 망설이지 않고 입양을 했지요.

그 뒤 고등학생이 된 작은딸이 학교 앞에 4시 20분이면 와서 학생들에게 먹을 걸 달라고 우는 새끼 고양이가 있다고 했어요. 그때는 이미 고양이가 두 마리나 있어 구조를 망설였어요. 그래도 마음이 안 좋아 남편이랑 아침에 딸 학교 앞에 가서 동네를 샅샅이 뒤졌는데 그 고양이를 찾지 못했죠. 그 이야기를 들은 딸이 이렇게 말하는 거예요.

"아, 엄마, 4시 20분에만 나온다니까."

며칠 뒤, 정말 4시 20분에 그 고양이를 만났어요. 얼마나 굶었는지 뼈만 남은 새끼였어요. 그 고양이를 구조하고 봄이라고 이름 지었지요. 그런데 두 달 뒤, 봄이가 첫째 고양이 또롱이와 함께 저희 집에서 기르던 개에게 공격을 당했어요. 또롱이는 그 사고로 하늘나라로 갔고 봄이는 집을 나가 돌아오지 않았죠. 군청에서 포획 틀을 가져와 고양이들이 다니는 길목에 놓고 한 달을 기다렸지만 번번이 다른 고양이만 들어 있었어요. 우리는 환경이 나쁜 읍내보다는 우리 동네가 그나마 봄이가 지내기에 더 나을 거라고 위안할 수밖에 없었어요. 그 일로 모리는 트라우마를 갖게 되었지요.

또롱이와 봄이를 잃은 뒤 장마철에, 태어난 지 두 달이 채 안 된 새끼 고양이가 종이 상자에 담겨 학교 앞에 버려져 있다는 소식을 들었어요. 아마 초등학생들이 고양이를 데려가 키우겠다고 했다가 부모님께 혼이 나자 버린 모양이에요. '치즈 태비'였던 또롱이가 생각났고, 또롱이가 죽은 뒤 우울증에 빠진 모리에게 도움이 될까 해서 서울 창동까지 갔죠. 데려와서는 이름을 레오라고 지었어요. 레오가 온 뒤 모리는 레오에게 엄마 노릇을 하며 또롱이를 잃은 슬픔을 치유해 갔어요.

그리고 또 1년 뒤, 에스엔에스(SNS)에 시각 장애 고양이의 입양처를 구한다는 소식이 올라왔어요. 누군가에게 괴롭힘을 당해 도로 위에 쓰러져 있던 고양이를 커피 공방을 하는 여성들이 구조해 치료를 했는데, 끝내 시력을 잃었다고 했지요. 구조한 여성들이 커피 공방이 너무 좁은 데다 길가에 있어 늘 위험한 상태라고 하더군요. 그 고양이 사진을 보는데 단박에 마음이 끌렸어요. 그래서 데려왔죠. 그 아이가 셋째 크레마예요. 레오보다 늦게 왔지만 몇 달 먼저 태어나 셋째가 되었죠. 그리고 다시 1년 뒤, 파양을 당해 마음에 상처가 있는 마리를 데려왔어요. 그렇게 해서 저희 집에는 고양이가 네 마리가 되었어요. 모두들 생존의 위기에 처했다가 구조된 아이들이라, 지병도 있고 마음에 제각각 상처도 있지만 저는 그 상처가 어쩌다 생겼는지 정확히 알지는 못해요. 하지만 상상을 해 볼 수는 있어요.

예를 들어서 도시에는 가난한 사람들이 모여 사는 동네가 곳곳에 있는데, 그런 동네에서는 주택이 노후하면 그 동네를 밀어 버리고 아파트 단지를 짓기도 해요. 그런데 새 아파트에 들어가려면 돈이 많이 필요하잖아요. 원래 그 지역에 살던 사람들 중 많은 수가 완공된 아파트에 들어가지 못해요. 보상금 몇 푼 받고 쫓겨나는 신세가 되지요. 그렇게 재개발 때문에 동네가 철거될 때, 철거 지역에서 가장 취약한 존재가 바로 길고양이들과 주민들이 버리고 간 개들이에요. 고양이는 영역 동물이라서 사는 곳을 쉽게 바꾸지 못해요. 살던 동네나 집이 헐려 버리더라도 다른 곳으로 가지 않고 그 폐허 속에서 그대로 살아요. 그러다 다치기도 하고 못에 찔리기도 하고, 무너지는 더미에 깔려서 죽기도 해요. 극도로 굶주리기도 하지요. 그런 현실을 알면 도시에서 태어나 자란 고양이들이 가진 상처를 짐작할 수 있지요.

고양이들의 행동을 보면 그 상처를 좀 더 구체적으로 짐작할 수 있어요. 예를 들면 저희 집 고양이 중에 모리라는 아이는 특히 쿵쿵거리는 소리가 나면 몸을 막 떨 정도로 무서워해요. 고양이들은 원래 소리에 민감하긴 하지만 모리는 그 정도가 아주 심하지요. 그리고 제일 무서워하는 것이 기다란 막대기예요. 제가 무심코 자 같은 걸 손에 쥐기만 해도 소스라치게 놀라선 도망가요. 아마도 동네에서 길고양이로 살 때 사람들이 막대기로 막 찌른 게 아닐까 싶어요. 정말 특이한 건 모리가 일곱 살부터 아홉 살 정도의 남자아이들을 제일 무서워한다는 거예요. 길에서 살 때 그 또래의 아이들에게 시달렸던 것 같아요. 게다가 저희 집으로 와서 마음을 열고 지냈던 또롱이를 잃은 뒤 마음의 병을 앓아 폭식증에 걸렸었어요. 지금은 당뇨와 고지혈증을 치료받고 있어요.

재개발이나 동물 학대 같은 문제들이 여러분에게는 아직 낯선 문제일지 몰라요. 그런 문제를 여러분이 직접 경험하지 않았다 하더라도, 지금 곤란한 처지에 놓인 사람들과 동물들에 대해서 한번 상상력을 발휘해 보세요. 그들의 외로움이나 슬픔, 아픔을 상상해 볼 수 있다면 우리가 살고 있는 세상이 지금보다 좀 더 좋아질 거예요.

성격도 개성도 제각각

이런저런 사연 많은 고양이들과 같이 살면서 저는 고양이도 제각각 개성이 넘치고, 자기만의 방식으로 세상을 살아간다는 사실을 알게 됐어요. 고양이들을 가만히 살펴보면 성격도 다르고 좋아하는 것도 달라요.

모리는 다른 고양이보다 다리가 짧아요. 텔레비전에 나오는 '먼치킨' 같은 품종 묘는 아니지만, 정말 너무 다리가 짧아요. 고양이들은 기지개 펴는 것 좋아하잖아요? 그런데 기지개를 켜도 모리는 다리가 머리까지밖에 안 올라가요. 책상 위에 올라오다가도 떨어질 때가 많아요. 그 모습이 때로는 귀엽기도 하지만 그런 다리로 길에서 살아갔다면 오래 살지 못했을 거예요. 모리가 딱 한 번 냉장고 위로 올라간 적이 있어요. 또롱이가 개한테 물려서 죽던 날이었어요. 그 뒤로는 개가 짖는 소리만 나면 정말 상상도 못 할 속도로 어딘가에 숨어요. 그럴 땐 그 짧은 다리로도 싱크대에 올라가는 능력을 발휘하기도 했지요. 요즘은 그나마도 몸이 불어 못 올라가서 다이어트 중이지만요.

모리는 저희 집에 처음 왔을 때 이미 몇 가지 약과 함께 왔어요. 헤르페스를 앓고 있었죠. 헤르페스라는 병은 사람으로 치면 유행성 결막염이나 감기 같은 거예요. 모리는 아주 예민하고 트라우마가 있어서 환경이 변하거나 낯선 사람이 오거나 하면 헤르페스가 재발해요. 그래서인지 모리는 세상에 무관심해요. 저희는 산 밑에 살기 때문에 가끔 집 안에 새가 날아들거든요. 그러면 다른 고양이들은 그 새를 잡겠다고 난리 법석을 피우는데 모리는 거의 방관자예요. 너는 뛰어라 나는 가만있으련다 하는 식으로 멍하니 바라만 봐요.

시각 장애가 있는 크레마는 평화주의자예요. 혹시 낮에 고양이 눈을 본 적이 있나요? 햇볕에 있으면 동공이 줄어들어서 세로로 길어져 실처럼 돼요. 노랗거나 푸른 홍채만 남지요. 그런데 크레마의 눈은 햇볕에 있어도 곰 인형 눈처럼 동공이 동그랗고 까매요. 크레마는 자기가 앞이 안 보이는 약한 존재라는 것을 자각하고 있어서 다른 고양이들과 잘 싸우지 않아요. 동생 레오가 귀찮게 해도, 마리가 괴롭혀도 저나 남편 품으로 피해 버리고 말아요. 고양이들은 위험을 느끼면 꼬리털을 부풀려 크게 만들어요. 크레마는 그것도 안 해요. 고양이들은 앞발로 남의 빰을 탁탁 때리면서 공격하기도 하는데, 다른 고양이들이 그렇게 빰을 때려도 크레마는 그냥 맞기만 해요.

크레마는 절대로 남의 밥그릇을 탐하지 않아요. 다른 고양이들은 모두 크레마 밥을 탐내요. 크레마가 요도 결석 때문에 좀 짭짜름한 사료를 먹거든요. 저희 고양이들은 길고양이 시절 사람 먹던 것을 먹다가 와서 짠 사료를 좋아해요. 그래서 다들 크레마 사료를 노려요. 꼭 짠맛이 아니더라도, 나에겐 매일 똑같은 걸 주는데 쟤는 좀 다른 걸 주니 샘이 나서 서로 먹어 보려고 하지요. 하지만 정작 크레마는 그런 것이 없어요. 자기 밥그릇의 사료만 먹어요. 눈이 안 보이니까 더 조심하고 자기 자신을 보호하려는 것 같아요.

그렇다고 크레마가 매번 지고만 사는 건 아니에요. 조금 뻔뻔하거든요. 날이 추울 때 제가 앉아 있으면 고양이들이 따뜻한 제 무

릎에 올라오고 싶어 해요. 그럴 때 다른 고양이들은 야옹야옹하고 '눈 뽀뽀'도 하면서 막 사정을 해요. "나 거기 올라가도 돼?" 하고 묻는 것처럼 손등도 핥고 머리도 비벼요. 그런데 크레마는 그런 게 없어요. '누워 보니 바닥이 차네?' 싶으면 곧장 와서 제 무릎에 엎드려 버려요. 다른 고양이들이 통사정을 할 동안 크레마는 그냥 직진하는 거예요.

놀라운 것은 앞이 안 보이는 크레마가 새 사냥의 명수라는 거예요. 저희 집에 가끔 새가 들어오면 다른 고양이들은 눈으로도 보이고 귀로도 들리니까 새가 날아다니는 대로 이리 갔다 저리 갔다 하는데 크레마는 가만히 듣고만 있어요. 새의 심장 소리까지 듣는 것 같아요. 소리를 통해 새가 어디 있는지를 정확히 파악한 다음에 한 번에 낚아채요. 심지어 새가 죽은 척하고 있어도 알아요. 그런 모습이 멋있어서인지 암컷들이 다들 크레마를 좋아해요. 서로 크레마를 놓고 싸우거든요. 그런데 크레마의 취향은 분명해요. 모리만 사랑해요.

또 크레마는 고양이들 중에 좀 수다스러운 편이에요. "놀아 줘." "밥이 없어." "물 줘."라고 말을 하죠. 물론 야옹거리는 거지만 자기가 원하는 걸 말할 때는 목소리가 달라져요. 굉장히 똑똑한 고양이예요. 영리하고 생존 능력이 뛰어난 아이라 눈이 멀지 않았다면 야생에서도 사냥의 명수가 되었을 거예요.

넷째 레오는 우리 집에 온 뒤 많이 울었어요. 고양이들이 보통 낯선 곳에 처음 오면 울기는 하지만, 그래도 일주일 정도면 그치거든요. 그런데 레오는 한 달이 넘도록 밤마다 울었어요. 아마 엄마를 부르는 거였겠지요. 그런 레오를 모리가 엄마처럼 보듬었어요. 지금도 레오는 모리를 엄마라 생각하는 것 같아요. '까칠한' 마리가 크레마의 사랑을 독차지하는 모리를 질투해 공격하면 가서 사정없이 응징해 버리거든요.

레오는 참 당당하면서도 웃기는 녀석이에요. 아주 새끼일 때 저희 집에 왔기 때문에 자기가 대장인 줄 아는데 사실 막내예요. 그래서 레오는 고양이들 사이에서 자질구레한 일을 도맡아 해요. 예를 들면 고양이들은 모래로 만든 화장실을 같이 쓰거든요? 그런데 자기가 대장이고 나이가 많다고 느끼는 고양이들은 절대 모래를 안 덮어요. 남들이 똥 싸고 오줌 싸면 그걸 모래로 덮는 게 레오예요. 저는 처음에 레오가 별나고 깔끔해서 그러는 줄 알았어요. 그런데 공부를 해 보니 서열이 낮은 고양이들이 모래를 덮는대요. 대장은 자기 똥을 감출 필요가 없어요. 당당하게 "여기는 내 집이야." 하고 선언해도 되지요. 레오는 모리나 마리가 똥이나 오줌을 덮지 않으면 자기가 대신 치우면서 막 짜증 내고 구시렁거려요. 덮는 건지 난리를 치는 건지 모르겠을 때도 있어요.

레오는 저희 고양이들 중에 제일 바빠요. 먹을 물이 없을 때 물을 달라고 하는 것도 레오예요. 그렇게 애써 물을 채워 놓으면 모리가 와서 먼저 먹어요. 그러면 레오는 그 옆에서 발만 담갔다가

발을 빨아먹어요. 아침에 저를 깨우는 것도 레오예요. 정확하게 새벽 6시에 밥 달라고 울어요. 네 마리가 다 안방 앞에 있는데도 꼭 레오만 저를 부르거든요. 그것도 개의 업무인가 봐요.

친해지려면 이야기를 들어 봐

우리 집 고양이들 중에서 지금도 저를 가장 힘들게 하는 고양이는 마리예요. 처음 마리가 집에 왔을 때 정말 너무 힘들었어요. 사람이든 고양이든 도무지 마리랑 친해질 수가 없었거든요.

고양이들끼리는 서로 만나면 눈 뽀뽀를 하면서 조금씩 친해져요. 고양이들이 상대의 눈을 빤히 들여다보는 건 공격의 의미인데, 가끔 상대가 믿을 만하다 싶을 때도 눈을 오래 맞추면서 느리게 끔뻑끔뻑해요. 그건 공격이 아니라 오히려 무척 편안하다는 뜻이지요. 친구를 사귈 때도 그런 눈 뽀뽀를 해요. 상대를 구경도 하고 점점 가까이 와서 눈도 맞추고 냄새도 맡고, 그러다가 서로 이마를 비비면서 자기 냄새를 다른 고양이한테 묻혀요. '우리 서로 아는 사이야.'라는 뜻이에요. 마리는 그걸 한 달이 지나도 안 했어요. 다른 고양이들이 조금만 가까이 와도 무조건 칵 하면서 꼬리랑 몸의 털을 크게 부풀렸어요.

마리는 사람들도 거부했어요. 제가 가서 말을 걸어도 할퀴었어요. 왜 초등학교 때 보면 친구들한테 미운 짓만 골라 하는 아이들 있잖아요. 귀찮다는데도 와서 괜히 건드리곤 하지요. 마리가 꼭 그래요. 다른 고양이들이 싫어하는 것만 해요. 다른 고양이들이 밥을 먹고 있으면 가서 뺨을 때리고, 심지어는 친구가 먹는 밥을 쏟아 버리기도 해요. 누가 물을 먹으면 가서 꼬리를 물고, 잠자는 친구에게 가서 귀를 물어뜯고. 아까 말한 뻰뻰한 크레마가 제 무릎에 와서 앉으면 마리는 포기하는 것이 아니라 저를 물어요. 물고 나서는 높은 데로 올라가서 계속 노려봐요. 제가 "마리야, 화났어?" 하면 또 꼬리를 탁탁 쳐요. 자기 감정 표현이 분명한 아이죠.

마리는 아직 그루밍도 못해요. 고양이들끼리는 서로 핥아 주면서 친해지는데 그걸 그루밍이라고 해요. 고양이들끼리 그루밍으로 소통하는 거예요. "내가 너랑 좀 놀아도 돼?" 할 때도 핥아요. "니가 먹는 것 나에게 좀 양보해 줄래?" 할 때도 핥고요. 그런데 마리는 핥아 주는 것도 싫어해요. 그런데 자기가 보기에도 좀 너무하다 싶었는지 어느 날은 크레마한테 가더니 주둥이를 크레마 목에 대더라고요. '와, 드디어 그루밍을 해 주나 보다.' 했는데, 가만 보니 주둥이로 쿡쿡 찌르고 있어요. 그러니 다른 고양이는 싫어서 물러나지요. 제 딴에는 그루밍을 흉내 낸 걸 텐데 또 거부당했다고 느꼈는지 크레마를 확 물어 버리더라고요.

왜 마리는 다른 고양이들이랑 저렇게 다를까? 어떤 상처가 있기에 고양이 언어인 그루밍을 못 배웠을까? 저는 그게 참 고민이었어요. 그런데 요즘 마리가 감동을 주고 있어요. 한 5초쯤 다른 고양이가 자기를 핥아 주는 것을 참아요. 여전히 자기가 핥을 줄은 모르지만요.

이렇게 고양이 한 마리에 이야기가 하나씩 다 있어요. 그런 것처럼 우리 모두에게도 이야기들이 있어요. 그 이야기가 나를 만드는 거고요. 우리가 서로 친해지려면 그 이야기를 들어야 해요. 궁금해하면서 들어야 해요.

존재의 가치는 모두 똑같아

반려동물을 키우는 일은 쉽지 않아요. 더욱이 저처럼 여럿이 함께 살아가는 사람은 좀 더 조심스러울 필요가 있지요. 마리 때문에 공동체 식구와 갈등이 생긴 적이 있어요. 마리가 만석동 공부방에서 지낼 때였어요. 그 공부방에는 고양이 알레르기가 무척 심한 사람이 있었어요. 유난히 마리에게 알레르기 반응이 심했어요. 1~2년 동안 여러 가지 방법을 찾아 대안을 만들어 봤지만 소용이 없었어요. 하지만 저는 이미 파양을 당한 것과 마찬가지인 마리에게 다시 상처를 주고 싶지 않았어요. 공동체 식구들과 의논해서 마리를 강화 집으로 데려왔어요. 그런데 이번에는 그 후배가 강화 집에 올 수가 없게 된 거예요. 그 후배가 강화 집에 오는 날이면 고양이를 방 하나에 몰아넣고 독일제 진공청소기까지 3개월 할부로 사서 하루 종일 청소를 했지만 소용이 없었지요. 그 친구가 마리 때문에 한밤중에 천식이 와서 응급실에 간 적도 있어요. 상태가 심각했죠. 마리가 다른 고양이처럼 성격이 원만했다면 다른 곳에 보내기가 쉬웠을 텐데 그럴 수 없었어요. 그러는 사이 저와 그 친구 사이에 갈등이 커졌어요. 25년을 함께한 소중한 후배와 가족이었어요. 그런데 저는 그 친구도 소중하고 고양이도 중요했어요. 저희는 어떻게든 함께할 방법을 모색했고, 시간과 비용이 들더라도 공존할 수 있는 길을 찾으려고 노력했어요.

2년 정도 힘든 시간이 지난 뒤, 마리에 대한 후배의 알레르기 반응과 호흡 곤란이 오랜 지병으로 인한 심리적 반응이라는 것을 알게 됐어요. 그 무렵 후배 가족은 자기 집 근처에 오는 길고양이들에게 급식소를 만들어 주었어요. 병과 알레르기 때문에 집에서 고양이와 함께 살 수는 없지만 길고양이라도 돕고 싶었던 거예요.

그런데 지난겨울에 그 후배가 돌보던 새끼 고양이 중 한 마리가 눈이 이상하다며 걱정을 했어요. 저는 선뜻 구조 결정을 하지 못했어요. 이미 집 안에 고양이가 네 마리나 되고, 마당에는 늙고 병든 개를 포함해 개가 여덟 마리나 있었으니까요. 고양이가 더 늘면 고양이 알레르기가 있는 식구들에게 더 피해를 줄 거라는 생각도 컸고요. 그런데 어느 날 남편이 후배네 집 옆에 있는 창고에 내려갔다가 그 새끼 고양이를 구조해 왔어요. 두 눈이 붉게 충혈되어 있는 데다 하얀 막이 눈을 덮고 있어 잘 보지 못하더래요. 발밑에 와서 '가르릉'거리는데 자기를 도와 달라고 하는 것 같았대요. 저희는 그 고양이를 데리고 병원으로 갔어요. 다섯째를 맞이하는 순간이었죠. 저는 그 고양이에게 행복이라는 이름을 지어 주었어요. 일주일 뒤 퇴원한 행복이는 지금도 제 옆에서 막내의 애교를 발산하고 있어요.

다른 사람들은 어떻게 생각할지 모르지만 저는 고양이보다 사람이 더 중요하다고 생각하지 않아요. 저와 이미 관계를 맺고 사랑하게 된 존재는 그냥 고양이 한 마리가 아니에요. 사람 한 명이랑 똑같은 크기를 갖고 있는 존재예요.

저는 공부방에서 여러분 같은 청소년들을 계속 만나요. 초등학교 때부터 만나 10년 이상을 함께하기도 하지요. 그중에는 가끔 사소한 일 때문에 오해가 생겨 공부방을 나가는 아이들도 있어요. 무엇이든 함께해야 하는 공부방 생활이 답답하다고 나가는 경우도 있고요. 그렇다고 해서 제가 그 사람을 사랑하지 않아야 하나요? 안 그래요. 그 아이는 팽 돌아서 나갔지만 저에게는 아직도 그 아이에 대한 책임이 있어요. 제가 사랑하고 함께한 시간들 때문에 생긴 책임이지요. 1년을 기다릴 수도 있고, 3년을 기다릴 수도 있어요.

그리고 그런 마음은 사람과 고양이 사이에 차별을 두면 안 된다고 생각해요. 모두 똑같아요. 아무리 작아도 존재의 가치는 같아요.

어른들이 이런 말을 가끔 해요. “애들이 뭘 알아?” 저는 아주 나쁜 말이라고 생각해요. “여자가.”로 시작하는 말도 싫어해요. 여자를 차별하는 말이니까요. 살아 있는 모든 것은 우열을 가릴 수 없어요. 능력이 있고 없고는 가릴 수 있고, 그래서 어떤 사람은 돈을 많이 벌 수도 있지만, 그렇다고 해서 누군가는 더 필요한 사람이고 누군가는 쓸모없는 사람이 되지는 않아요. 동물들도 마찬가지지요. 그래서 저는 지금도 계속 마리의 마음이 열리기를 기다려요.

7

바다로 가는 꿈, 바다가 삼킨 꿈

학생들을 만나면 가장 아끼는 작품이 무엇이냐는 질문을 자주 받아요. 예전에는 선뜻 고르지 못했는데, 2016년 1월 이후에는 『내 동생 아영이』라고 대답해요. 이 동화의 주인공인 영욱이 이야기를 해 드릴게요.

저와 공동체 식구들이 함께 꾸려 온 기찻길옆작은학교는 바닷가 근처라 주변에 작은 포구들이 있어요. 북성포구, 만석부두, 화수부두가 있고 월미도와 가까운 인천항도 지척에 있어요. 북성포구와 화수부두에는 6·25 이후 황해도 피란민들이 자리 잡으면서 80년대 말까지 고깃배가 꽤 많았지요. 그러나 도시 개발과 공업화로 인해 어업 인구가 줄면서 북성포구와 화수부두도 쇠락해 갔죠. 제가 처음 공부방을 시작했을 때만 해도 우리 동네에 어부들이 적지 않았어요. 공부방 아이들 부모님 중에도 어업에 종사하는 분이 계셨어요.

1987년에 만석동에 들어가 아기들을 돌보아 주는 아가방을 하다가 1988년에 공부방을 열었어요. 대성목재라는 큰 공장 앞 2차선 도롯가에 있는 2층 가건물에 마련했지요. 이사 간 지 얼마 안 된 어느 새벽이었어요. 아이 우는 소리가 들려서 창밖을 보니 날이 채 밝지도 않았는데 한 부부가 예닐곱 살쯤 된 여자아이를 자전거에 태우고 부두 쪽으로 가고 있었어요. 자전거 뒤에 실은 그물을 보고 어부라는 걸 알았죠. 그 뒤로도 그 부부와 딸이 공부방 앞을 지나는 걸 종종 보았어요. 가만히 보니 딸이 다운 증후군이었어요. 딸이 떼를 쓰고 울어도 부부는 큰소리 한번 안 내고 늘 낮은 목소리로 달랬어요. 그 모습이 참 인상적이었어요.

봄이 지나갈 무렵 그 부부가 초등학교 1학년, 3학년인 아들딸을 데리고 공부방에 왔어요.

"우리 애들 좀 맡길 수 있을까요?"

제 예상대로 부부는 어부였고 꽃게잡이 철에는 아이들만 놔두고 2, 3일씩 바다에 나간다고 했어요.

"우리가 배운 게 없어서 애들을 가르칠 수가 없어요. 학원 보낼 형편도 아니고. 공부방 얘길 듣고 얼마나 반가운지."

그렇게 1학년 영욱이, 3학년 유정이가 공부방에 다니게 되었어요. 어머니는 다운 증후군인 막내 유진이도 돌봐 줄 수 있는지 물었어요. 그때까지 유진이는 혼자 걷지도 못했어요. 다운 증후군은 염색체 이상으로 태어나게 되는 장애 중 하나예요. 눈이 작고 얼굴은 동그란 것이 특징이지요. 다운 증후군은 보통 지적 장애와 심장 이상을 동반하는데 유진이도 마찬가지였어요. 어렸을 때 심장 수술을 받았죠. 비장애인인 또래보다 걸음을 떼는 것도 늦고 말도 늦었고요. 더욱이 유진이는 혀가 아랫잇몸과 붙어 있는데 여덟 살 이후에야 수술이 가능하다고 했어요. 저는 유진이는 당장은 돌볼 수가 없다고 말씀드렸고 그로부터 2년 뒤까지 유진이는 어머니 아버지와 함께 바다에 나갔죠. 영욱이는 장애가 있는 동생을 귀찮아하면서도 잘 돌봤어요. 날씨가 안 좋은 날은 유진이를 두고 뱃일을 나가셨는데 그러면 맏이 유정이는 집안일을 하고, 영욱이는 동생을 돌봤어요.

영욱이 부모님은 고생해서 잡은 귀한 생선을 공부방 식구들에게 자주 나눠 주셨어요. 아버지가 생선을 드시지 못해 비린 걸 먹어 본 적이 없던 저는 영욱이 부모님 덕에 생선 요리도 해 보고, 꽃게도 실컷 먹어 보았어요.

영욱이가 4학년 때였어요. 아버지를 따라 바다에 나갔다 와서는 그림일기에 아버지 배와 함께 아버지가 그물을 끌어올리는 모습을 그렸어요. 얼마나 생생한지 저희가 모두 놀랐죠. 그때 영욱이가 말했어요.

"저는 어부가 되고 싶어요."

물론 부모님은 영욱이가 그런 말을 하면 노발대발하셨죠. 두 분이 그 힘들고 위험한 뱃일을 하는 게 다 자식만큼은 대학에 보내 편하게 살게 하겠다는 꿈 때문이었거든요.

영욱이가 어부가 되고 싶다고 할 때, 자기는 유치원 선생님이 되겠다는 동갑내기 한결이가 있었어요. 한결이네와 영욱이네는 둘 다 삼남매고 똑같이 두 살 터울이었어요. 유정이와 정희가 맏이고, 영욱이와 한결이가 동갑이고, 유진이와 인석이가 막내였죠. 한 동네에 살다 보니 영욱이 부모님과 한결이네 할머니 할아버지도 서로 잘 알았어요. 중고등학생 때 영욱이와 한결이는 서로 사귀다 헤어지기도 하며 가까이 지냈고, 청년이 된 뒤에도 몇 번의 만남과 이별을 되풀이했지요.

영욱이는 대학을 졸업하고 군대에 다녀온 뒤 어부가 되겠다고 정식으로 부모님께 말씀드렸어요. 부모님은 여전히 반대하셨지만 어린이집 선생님이 된 여자 친구 한결이는 영욱이를 지지해 주었죠. 동네 사람들이나 다른 어부들은 자식에게 험한 뱃일을 시킨다고 뒷말을 하기도 했지만 영욱이는 아버지처럼 성실하고 든든한 어부가 되었어요.

저는 영욱이 부모님을 정말 존경해요. 두 분 모두 초등학교도 끝까지 졸업할 수 없을 만큼 찢어지게 가난한 집에서 자라 여러 일을 하다가 어부가 되셨는데 성실하고 부지런하셨어요. 도박이나 술도 안 하셨죠. 바다와 집, 아이들밖에 모르는 분들이셨어요. 언젠가 영욱이 어머니와 신포동에 있는 재래시장에 간 적이 있어요. 놀랍게도 만석동에 산 지 15년 만에 처음 가 보았다고 하시더군요. 그곳에서 우동을 사 먹고, 공갈빵을 사 먹는데 어머니가 어린아이처럼 좋아하셨죠. 그렇게 한눈팔지 않고 일만 하신 분이었어요.

어부 삼촌이 가져온 선물

막내 유진이가 장애를 갖고 태어나 친척들에게 손가락질도 당하고, 속상한 일도 많았지만 두 분은 유진이를 극진히 사랑하셨어요. 이웃들이나 친척들이 시설에 보내라고 해도 흔들리지 않고 유진이를 지켰어요. 유진이를 특수 학교에 보내고 싶어 했지만 학교가 있는 부평까지 통학을 시킬 여력이 없었죠. 부평에 있는 학교가 아니면 기숙사 시설이 있는 곳에 보내야 하는데 영욱이 부모님은 유진이를 곁에서 돌보고 싶어 하셨어요. 유진이가 스스로 대소변을 보게 되고 혼자 걸을 수 있게 된 뒤로는 공부방에 다녔어요. 유진이는 지적 장애가 심한 편이라 끝내 한글은 깨우치지 못했죠. 그래도 어머니는 유진이에게 스스로 밥 해 먹고 집 안 청소하는 법을 가르쳤어요. 친척들이 싫어하는 걸 알면서도 가족 행사에 늘 유진이를 앞세웠죠. 저는 그런 영욱이 부모님이 늘 존경스러웠어요.

옛날에는 장애가 있는 사람도 한 마을에서 같이 어울려 살았어요. 한 동네 안에 부자도 있고, 중간쯤 사는 사람도 있고, 착한 사람도 있고, 욕심 많은 사람도 있었죠. 여러 사람이 모여 살았기 때문에 장애를 가진 친구들도 마을 안에서 보호받았지요. 그런데 요즘은 가족에게만 모든 짐이 맡겨지고 있어요. 그 가족이 다행히 경제적으로 여유가 있으면 장애가 있는 아이도 좀 더 잘 보호받을 수 있지만, 형편이 어려우면 방치되거나 혹은 시설에 보내지는 경우가 많아요. 그런데 영욱이네 부모님은 경제적인 어려움에도 불구하고 딸을 정말 사랑하고 잘 보살폈어요.

그런 부모님 밑에서 자란 영욱이도, 장애가 있는 동생을 부끄러워하지 않았어요. 공부방에 동생 손을 잡고 다녔지요. 여자 친구인 한결이도 유진이를 자기 동생처럼 사랑해 주었어요. 둘의 결혼식 때도 유진이가 화동을 해 주었어요. 하얀 옷을 입고 언니 오빠의 결혼식을 축하했지요. 영욱이와 한결이는 부모님이 보태 주신 돈으로 일찌감치 아파트를 마련했고 아들을 낳았어요.

공부방 아이들은 어부 삼촌 영욱이를 좋아했어요. 우리 공부방에는 가난한 친구들이 많아서 다들 비싼 꽃게를 실컷 먹을 형편이 못 돼요. 그걸 아는 영욱이는 꽃게철마다 한번씩, 잡은 꽃게를 바구니째 가져와 공부방 아이들과 식구들이 나눠 먹게 주고 갔어요.

한번은 자연산 광어를 잡았다고 가져왔어요. 저는 잘 모르지만 커다란 자연산 광어는 한 마리에 30~40만 원씩 나간다더군요. 빨래판만 한 광어가 잡히면 큰 행운이라고 하는데 그걸 시장에 내다

팔지 않고, 이런 행운은 혼자 누리는 게 아니라 나누어야 한다면서 공부방에 가져왔어요. 그리고 직접 회를 떠서 나눠 주었죠.

2014년에는 한 공부방 이모가 암에 걸려 두 번이나 큰 수술을 했어요. 이모가 암 수술을 받고 나자 영욱이는 좋은 생선을 잡으면 직접 손질해 공부방 냉장고에 넣으면서 이렇게 말했어요.

"이거 수연 이모만 먹어. 삼촌도 주지 말고 딸들도 주지 마."

한번은 또 초등학교 1학년 아이 키만 한 삼치를 잡아 와서는 삼치 스테이크를 해 먹으라며 저희 공동체 식구 수만큼 잘라 손질해 주고 갔어요. 또 언젠가는 멸치를 잡았다고 가져와 놓고 가는 바람에 그날 저녁 공동체 식구들이 저마다 다양한 멸치 요리를 해서 나눠 먹었죠.

영욱이가 그렇게 철철이 좋은 생선을 나누어 주다 보니, 저희 공부방 식구들은 집집마다 냉동실에 영욱이가 잡아 온 생선이 하나쯤은 다 있었어요.

그런데 영욱이의 아버지가 배를 늘리면서 선원이 필요했어요. 중국 선원은 대체로 한국 선원만큼 성실하지 못하고, 한국 청년들은 힘든 일을 하기 싫어하니 좋은 선원을 구하기가 힘들었대요. 그러던 어느 날 영욱이 아버지가 지적 장애가 있는 장애인을 선원으로 고용했어요. 장애인 딸을 가진 아버지로서, 어떤 의무감과 사명감이 있었던 것이지요. 그런데 아무래도 일을 배우는 게 좀 더뎠던

모양이에요. 2015년 12월 29일에 한결이의 막냇동생이 결혼해 공동체 식구들이 다 모였는데 영욱이가 몹시 힘들어 보였어요. 삼촌들과 이야기를 하며 새로 온 선원이 일을 배우는 속도가 너무 더디고 굼떠서 일하는 게 힘들다고 했다 해요. 그러나 아버지가 장애인들도 일을 배워 평생 직업을 갖게 도와야 한다며 고집을 피우신다고 하더래요. 영욱이는 자기 몸이 힘들지만 아버지의 뜻이 무엇인지 모르지 않으니 받아들일 수밖에 없었죠. 결혼식이 끝나고 헤어지면서 공부방 삼촌들이 모두 영욱이를 걱정했어요. 그리고 2016년 새해가 되었지요.

바다에서 돌아오지 않던 날

2016년 1월 3일, 그해 처음으로 고기잡이를 나가는 날이었어요. 우리나라 서해는 밀물과 썰물의 차이가 큰 것 아시지요? 조업을 나가려면 물때가 맞아야 해요. 포구에 물이 차서 뱃길이 만들어져야 고기를 잡으러 나갈 수 있지요. 그게 새벽 3시가 될 때도 있고, 새벽 4시가 될 때도 있고, 때로는 아침 11시가 될 때도 있어요. 어부들은 일하러 나가는 시간이 그 물때에 따라 달라져요.

그날 영욱이는 새벽 3시에 일을 나갔대요. 저희도 공부방에서 새해를 시작하는 의미로 신년회를 준비하고 있었지요. 떡볶이도 하고 김치 부침개도 하고 샐러드도 만드느라 바쁘게 일하고 있는데 저녁 8시쯤 한결이에게서 전화가 왔어요. 전화를 받고 난 언니 정희의 얼굴이 어두워졌어요.

"이모, 영욱이가 새벽 3시에 일 나갔으니 오후 4시쯤 들어와야 하는데 아직도 안 들어왔대요."

정희가 아기를 둘러업고 나갔고 공부방 삼촌들도 함께 따라 나갔어요. 우리는 서로에게 별일 아닐 거라고 위로하면서 만석동에 있는 공부방 삼촌들에게도 연안부두로 나가 보라고 연락을 했지요. 자정이 다 돼서 연락이 왔는데 해경이 더는 수색을 할 수 없어 들어왔고 내일 새벽에야 다시 수색을 시작한다는 거예요.

밤새 기도를 했어요. 아무 일 없기를, 배 고장으로 덕적도나 근처 섬에 정박해 있는 것이기를 빌었어요. 무엇보다 혹시라도 물에 빠진 아버지나 선원을 구하려 영욱이가 바다로 뛰어든 게 아니기를 빌었어요. 아버지나 선원에게 사고가 생겼다면 영욱이는 망설이지 않고 바다로 뛰어들 사람이라는 걸 알고 있었기 때문이지요.

마음을 졸이며 기도하고 있는데, 다음 날 새벽 5시 무렵 전화가 왔어요. 배를 발견했는데 배만 있다는 거예요. 배 위에 있어야 될 세 사람이 없다는 거예요. 배에 불이 다 켜져 있고 갑판 위에는 영욱이 것으로 보이는 작업복이 있고, 구명조끼는 한 개만 사라졌대요. 그날 아침 뉴스에는 '어부 3명 실종 미스터리'라는 제목으로 선정적인 보도가 나왔는데 심지어는 납북도 의심하더군요. 저는 차라리 납북이기를 바랐어요. 그러면 적어도 죽지는 않았을 테니까요.

하지만 배 위의 상황을 보면 어렵지 않게 사정을 추측할 수 있었어요. 제가 생각한 최악의 상황이 일어난 거였어요. 해경이나 다른 어부들도 그렇게 추측을 했어요. 바다에 나가 선장인 아버지와 선원이 그물을 올리다 사고가 나서 물에 빠졌고, 영욱이는 두 사람을 구하려 물에 뛰어들었던 거지요. 영욱이의 구명조끼만 없어졌으니까요. 겨울에 서해안에서 사고가 나면 시신도 구하지 못한대요. 서해안에는 갯벌이 많잖아요. 사람이 바다에 빠지면 갯벌에 박히는데, 물때에 따라 갯벌이 움직이면서 시신을 덮어 버려요. 그런 사실을 받아들이는 것이 너무 힘들어서 영욱이 아내나 어머니는 정신이 없었지요. 그나마 다행이라고 해야 할까요? 이틀 뒤에 작은아버지의 그물에 걸려 영욱이가 발견됐어요.

그다음 날 아침 11시에 병원 영안실로 실려 온 영욱이를 만나러 갔어요. 자는 듯이 누워 있더군요. 정말 너무 말짱해서 바로 일어날 것만 같았어요. 바닷물 안에 있을 때는 더운 여름이 아니면 시신이 부패하지 않는다고 해요. 세월호 참사 때 침몰 사나흘 뒤에 구조되어 온 아들딸을 보고는 방금 전까지 살아 있었던 것 같다며 울부짖던 유족들이 떠올랐어요. 영욱이 어머니는 아들의 모습을 보고 우리 영욱이가 그냥 일어나서 엄마 하고 부를 것 같다며 주저앉아서 우셨어요. 남편을 잃은 한결이는 거의 정신을 잃었죠. 한결이의 막냇동생인 인석이에게 영욱이는 그냥 매형이 아니라 골목 친구였고, 20대 청년기를 함께 보낸 단짝이었어요. 맏이 정희에게도 마찬가지였죠. 공부방 식구들에게도 20년 친구였고, 조카였고, 제자였죠. 그런 영욱이를 떠나보내야 했어요.

슬픔을 나누는 법

영욱이 가족들이 느낄 슬픔을 생각하면, 저의 슬픔은 아무것도 아니지요. 하지만 저도 20년을 함께 지냈으니까 너무 힘들었어요. 아직까지도 공부방 식구들 각자의 냉장고에는 영욱이가 잡아다 준 꽃게며 멸치며 광어가 들어 있었어요. 그런데 정작 영욱이는 없다는 사실이 너무 슬프고 아팠어요. 그래서 모두가 넋 놓고 있는 날이 많았어요. 앉아 있으면 그냥 눈물이 흐르더라고요. 봄이 될 때까지 그랬던 것 같아요.

그런데 기억한다는 게 참 좋은 것이, 우리가 기억하면 그 사람은 그래도 살아 있는 거예요. 우리가 4·16 세월호 참사를 기억해야 한다고 늘 말하는 건, 함께 살았던 그 순간들을 기억하는 것만으로도 그 사람을 계속 살게 하는 힘이 되기 때문이에요.

그래서 저는 영욱이가 죽은 뒤로 영욱이의 이름을 자주 말해요. 그 친구는 계속 그렇게 우리 안에 남아 있을 것이기 때문이에요.

슬픔을 이기는 방법은 기억을 지우는 것이 아니라 기억하는 거예요. 그 친구와 즐거웠던 추억들을 나누는 것, 그러면서 잊지 않고 간직하는 것이 오히려 슬픔을 견디는 방법 같아요. 그게 바로 슬픔과 아픔을 나누는 법이기도 하겠지요.

슬픈 사람을 위로할 때도 마찬가지예요. 슬퍼하는 사람 옆에 가서 내가 무슨 말을 해야 좋을지 너무 당황스러울 때가 있지요. '내가 아는 단어가 이렇게 적었나?' 싶을 정도로 위로해 줄 말이 생각나지 않을 때는 그냥 옆에 있으면 돼요. 아무 말도 없이. 이틀이 됐든, 사흘이 됐든 그렇게 옆에 있다 보면 나눠지더라고요. 슬픔과 아픔을 나누며 곁을 지켜 주는 것, 떠나지 않는 것, 그게 가장 큰 위로라고 생각해요.

영욱이는 어릴 적 꿈을 이룬 멋진 청년이었죠. 모두가 하기 싫어하는 힘든 일을 스스로 선택했어요. 영욱이가 어부라는 직업을 선택한 이유에는 장애가 있는 동생 유진이를 돌봐야 한다는 책임감도 있었어요. 어부라는 직업은 생명 보험도 들 수 없는 위험한 일이에요. 제가 만석동에 사는 동안에도 바다에서 사고로 돌아가시거나 장애를 입은 분들을 많이 보았어요. 그러나 영욱이는 그 직업을 기꺼이 선택했고 좋은 아빠, 좋은 남편, 좋은 아들이 되기 위해 하루하루 성실하게 살았어요. 저는 그런 영욱이가 자랑스러워요. 그래서 영욱이를 기억하려 해요. 그리고 영욱이 이야기를 좀 더 많은 사람들과 나누려고 해요.

영욱이를 잃은 슬픔에 젖어 있다가 쓰게 된 작품이 『그날, 고양이가 내게로 왔다』예요. 이 작품은 길고양이가 주인공인 이야기지만 한편으로는 세월호 사고로 형, 누나, 언니, 동생, 친구를 잃고 힘든 시간을 보내는 세월호 형제자매와 생존 친구 들의 아픔을 떠올리면서 영욱이와의 이별을 기억하는 글이기도 해요.

8

칠레산 포도가 농부를 슬프게 해도

저희 가족이 처음 강화에 와서 농사를 지을 때 동네 농사 선생님이 해 주신 말씀이 있어요. 작물도 주인의 발소리를 들으면서 자란다는 말이에요. 저희는 그 말씀을 실천하면서 살았어요. 5월 말이나 6월 초에 모내기를 하고 나면 남편은 날마다 논에 갔어요. 남편의 발소리를 듣고 벼가 쑥쑥 자라라고요.

사람도 벼와 비슷해요. 여러분 같은 청소년들이나 아니면 더 어린 친구들도 부모님이나 어른들이 바로 내 옆에서 나를 지켜 주고 있다는 믿음이나 확신이 없으면 왠지 불안해지잖아요. 저는 농사를 지으면서 그걸 다시 한번 깨달았어요.

제가 농촌으로 온 이유는 간단해요. 저는 늘 가난한 사람들, 가난한 아이들과 함께 살아갈 방법을 모색했는데 도시에서는 도무지 그런 길이 안 보였어요. 제가 만나는 청소년들이나 어린이들 대부분은 공부를 잘하지도, 꿈이 정해져 있지도 않았어요. 여러분도 마찬가지일 거예요. 책에는 도무지 관심이 안 가는 사람도 있고, 운동이나 춤이 더 좋은 사람도 있지요. 그런데 우리나라 학교에서는 모두 다 공부를 잘해야만 미래가 있다고 생각해요. 하지만 제가 만나는 친구들은 대체로 공부를 힘들어했어요. 부모님이 안 계신 아이들도 적지 않았어요. 미래가 막막했지요.

그 친구들과 함께 뭘 해야 할지 모를 때, 어느 순간 '미래에도 먹고는 살아야 되지 않을까?' 하는 생각이 들었고, 이는 다시 '우리 쌀농사 짓자. 그러면 굶지는 않을 것 아니야?' 하는 생각으로 이어졌어요. 처음에는 농담처럼 단순하게 생각했어요. 공부에는 관심이 없어도 몸으로 하는 건 자신 있는 친구들도 있으니 우리 한번 해 보자 하고 생각했지요. 그렇게 농촌에서 아이들과 함께 살아갈 길을 찾아보겠다는 생각으로 강화에 왔어요. 와서는 정말로 쌀농사도 짓고 포도 농사, 밭농사도 지었어요. 그런데 막상 농촌에 와 보니까 농업은 미래가 되기 어렵다는 현실을 알게 되었어요.

자꾸만 떨어지는 쌀값

16년 전, 제가 농촌에 처음 왔던 그해에는 동네 어르신들을 쫓아

다니면서 농사일을 배우기만 했어요. 가을이 되어 추수가 끝나고 나니 농협마다 문 앞에 쌀 포대가 쌓여 있더군요. 그게 뭔가 했더니 그해 추수한 쌀을 정부에서 농협을 통해 사 주는 거였어요. 정부에서는 해마다 추수 때 농민들에게 쌀을 사서 비축해 놓아요. 과거에는 주로 '통일벼'를 수매해 국민들에게 싼값에 팔았어요. 그 쌀로 북한을 도와주기도 했어요. 그러나 요즘에는 농민들이 통일벼를 거의 심지 않을 뿐 아니라, 정부가 수매하는 쌀의 양도 줄었어요.

제가 강화에 온 첫해인 2001년 가을에는 농협 수매가가 80킬로그램짜리 쌀 한 가마에 16만 5,000원이었어요. 그런데 2016년에는 14만 3,700원으로 떨어졌어요. 16년 동안 인건비, 비룟값, 농약값은 다 올랐는데 쌀값은 오히려 더 떨어졌으니, 실제 쌀값은 2만 원보다 더 떨어진 거죠. 요즘은 정부에서 수매하는 양도 아주 적어요.

저희가 처음 이사 왔을 때 저희 남편에게 트랙터도 빌려 주고, 논밭도 갈아 주던 청년이 있었어요. 청년이라지만 이미 마흔 살이었지요. 당시 그 청년은 자기 땅은 한 4,000평밖에 없었고 1만 6,000평을 다른 사람한테 빌려서 논농사를 지었어요. 그런데 그해 이 청년이 번 돈이, 연봉으로 치면 4,000만 원이었어요. 그 모습을 보고 당시에는 '아, 논농사도 한 2만 평 지으면 도시 노동자의 1년 연봉은 되는구나. 4년제 대학을 나와서 10년쯤 일한 사람의 1년 임금하고 비슷하구나.'라고 생각했어요. 물론 2만 평 농사를 지으려면 정말 힘들지만요.

요즘에 그 정도 규모로 쌀농사를 지으면 얼마를 벌까요? 쌀값이 떨어졌으니 연 수입도 당연히 떨어졌겠죠. 거기다가 트랙터와 콤바인 같은 기계를 유지하는 데 들어가는 비용은 더 올랐고, 비료와 농약도 값이 올랐으니 형편이 더 나빠졌어요. 그것도 모자라 정부는 논농사를 포기하고 다른 농사를 짓도록 권장하고 있으니 농민들의 사기도 함께 떨어지고 있어요.

그러다 보니 제가 사는 양도면에서도 농사를 짓는 분들은 자기 자녀만큼은 공부를 열심히 해서 절대 당신들처럼 농사짓고 살지 않기를 바라요. 그런데 아무래도 농촌은 도시에 비해 공부 환경이 열악해요. 학교가 작아 여러 학년이 같이 공부하는 복식 수업을 하는 경우도 있고, 국어 교사가 도덕이나 미술을 같이 가르치는 경우도 있죠. 진학에 대한 정보도 적고, 학원 가기도 쉽지 않아요. 그래서 자녀들이 상급 학교에 진학할 때가 되면 부모님들의 조바심이 커져요. 자녀들을 닦달하게 돼요.

"너 공부 안 하다가 엄마 아빠처럼 농사지으며 고생하고 살래?"

그런 말을 듣는 아이들의 머릿속에는 무슨 생각이 남을까요? '아, 우리 엄마 아빠는 실패한 인생이구나. 엄마 아빠처럼 살지 말아야지.' 하는 생각을 하기 쉬워요. 그렇다고 누구나 다 공부를 잘할 수 있는 건 아니잖아요. 누구에게는 공부가 적성에 맞고, 누구에게는 농사가 더 잘 맞고, 누구에게는 어업이 잘 맞는 일일 수 있는데 우리 사회에서는 그런 다양성이 무시돼요. 직업에 귀천을 따지고 임금도 너무 차이가 나기 때문이에요.

제가 시골에서 살면서 만나는 청소년들은 저마다 다른 장점과 개성을 가지고 있어요. 모두 다 반짝이고 예뻐요. 그런데 그것을 온전히 인정받지 못해요. 우리 사회는 청소년들조차 능력주의에 따라 판단하는데 그 능력이라는 것이 결국 국영수 성적이죠. 그러니 부모들은 걱정이 되는 거예요. 아들딸들이 사회로 나갔을 때 경쟁에서 도태되면 어떻게 하나 하고 말이에요. 새벽부터 해가 질 때까지 일해도 농사로는 자녀들을 학원에 보내 줄 여력이 안 되니 자책하고 절망하죠. 그래도 대학에 가면 땅을 팔아 학비와 자취 비용을 마련해 줘요. 그러다 부모들이 나이가 들면 땅도 없고, 먹고 살 일이 막막해지지요. 저는 그런 모습을 보면서 안타깝고 속상했어요. 농촌에 산다는 이유로 부모도 자녀도 희망을 갖기 어렵다면 얼마나 절망적이에요?

논농사에서 포도 농사로 바꾼 뒤

얼마 전에 미국 대통령으로 트럼프가 당선되었지요. 트럼프가 대통령이 되기 전 공약으로 내세웠던 것 중에 한미 에프티에이(FTA, 자유 무역 협정) 재협상이 있어요. 한국은 미국에 자동차를 팔아서 무역 흑자가 계속 늘어나는데 미국은 그렇지 않으니 불공평하다면서 재협상하겠다고 했지요. 그런데 그건 사실이 아니에요. 자동차를 제외한 제조업 분야에서는 한미 에프티에이를 통해서 우리가 이득을 본 게 별로 없어요. 한국 정부는 미국을 비롯한 여러 나라와 무역 협정을 맺으면서 농업을 포기하다시피 했어요. 쌀 소비량은 계속 줄고 우리 농민의 쌀 생산량이 늘어나는데도, 쌀을 또 수입해야만 했어요. 쌀값이 떨어질 수밖에 없게 된 거죠.

저희 논이 3,000평이 넘는데, 두 사람이 달라붙어 일을 해도 그 땅에서 1년에 나오는 순익이 몇 백만 원이 안 돼요. 말 그대로 '헐'이지요. 하지만 우리마저 논농사를 포기하면 안 된다는 사명감으로 계속 지었어요.

그렇게 논농사를 지었더니 2011년부터 마이너스 통장에 계속 빚이 쌓여 갔어요. 아무리 돈을 바라지 않고 짓는다지만 빚이 자꾸 쌓이니 안 되겠더라고요. 제가 글을 써서 인세를 받아도 먹고살 수가 없었어요. 그래서 남편이 6년 전에 논 세 마지기를 포도밭으로 바꿔 보겠다고 결심하고는 포도 농사를 시작했어요. 정부에서 논을 포도밭으로 바꾸면 지원해 주겠다고 했던 터였지요.

그런데 포도는 첫해부터 수확을 얻을 수 있는 게 아니에요. 3년 차가 되어야 제대로 팔 수 있는 포도가 열려요. 일은 또 얼마나 많은지 몰라요. 저희는 친환경으로 포도 농사를 짓기 때문에 일이 더 많아요. 2월에는 나무껍질을 다 벗겨 줘야 해요. 겨울에서 봄이 올

때, 날씨가 따뜻해질 때쯤 되면 벌레들이 포도나무 껍질 안에 알을 까거든요. 그걸 다 벗겨 내야 알들이 숨어 있을 곳이 없어져서 나무가 잘 자라요. 그때부터 포도를 수확하는 9월까지 잔손이 무척 많이 가는 것이 포도 농사예요.

포도 농사를 600평, 세 마지기에서 지었는데 3년 차였던 2014년에 포도를 따서 처음으로 800만 원이라는 수입을 얻었어요. 1년에 800만 원을 벌었으니 여덟 달 동안 노동을 했다고 치면 한 달에 두 사람이 일해서 겨우 100만 원을 번 거죠. 그래도 저희에게는 첫 수입이라 좋았어요. 2015년에는 포도가 더 많이 열려서 1,250만 원을 벌었어요. 2016년에는 더 잘되어서 1,500만 원쯤 벌 줄 알았어요. 그런데 그해 봄에 우리 포도나무에 병이 들었어요. 4월이 되어도 포도 이파리가 시들시들하고 잘 자라지 않는 거예요. 포도 잎이 열심히 햇볕 농사를 지어야 포도나무가 튼튼해지고 꽃이 피고 열매를 맺잖아요. 그런데 포도 이파리가 자라질 않으니 큰일이 난 거죠.

남편은 포도 잎을 따 대학교 포도 연구소에도 보내고, 농업진흥청에도 보내 도움을 받으려 애썼지만 원인은 밝혀지지 않았어요. 포도 농사를 짓는 이웃 어른들은 밭에 와 보시고는 고개를 절레절레 흔들었어요. 그러나 5년이나 키운 나무를 베어 버릴 수 없었죠. 책을 사서 공부를 하고, 다른 포도밭에도 가 보고, 여기저기 전화를 해 보면서 방법을 찾았어요. 남편은 1, 2월에 포도에 뿌릴 목초액과 비료를, 여러 가지 열매와 뿌리를 발효시켜 직접 만들어 두었어요. 그 천연 비료를 생수통에 모아 담고 링거 줄을 사 와서는 줄 하나는 포도나무 줄기에, 하나는 뿌리 쪽에 이어 주었어요. 포도 농사를 짓는 이웃들이 와서는 그 모습을 보고 포도나무가 사람이냐며 웃었지요. 더러는 이래 봤자 소용없다고 걱정을 했어요. 많은 사람이 포도나무를 살리지 못할 거라 생각했죠.

그런데 여름이 지날 무렵, 나무가 살아나고 이파리가 짙푸른 녹색으로 우거졌어요. 모두 놀랐죠. 남편은 공부방 아이들 한 명 한 명을 위해 최선을 다했듯, 포도나무에도 똑같은 정성과 사랑을 쏟았어요. 저희는 아이들을 만날 때도 열매보다는 올곧게 건강하게 자라는 데 더 마음을 쏟았거든요. 다시 한번 농사가 사람 농사와 같다는 것을 깨달았죠.

나무는 살아났지만

나무가 살아났다고 좋아할 일만은 아니었어요. 그해 가을에 강화 군청에서 포도 농가에 편지를 한 장씩 보내 왔어요. 포도 농사를 폐업하면 포도나무 한 그루당 3만 5,000원씩 보상해 줄 테니 포도나무를 다 베고 거기다 다른 작물을 심으라는 거예요. 왜 그러는 걸까요?

우리나라는 이미 14년 전에 칠레랑 무역 협정을 체결해서 포도를 수입하고 있었어요. 점점 더 많은 외국 포도가 우리 시장으로 들어오고 있어요. 이제는 캘리포니아 포도도 들어와요. 국내산 포돗값이 점점 떨어지니 포도나무를 베고 다른 작물을 재배하라는 거죠.

불과 6년 전에는 쌀농사는 돈이 되지 않는다는 이유로, 우리 농업도 외국처럼 기업농으로 가야 된다면서 쌀농사에 대한 지원금을 줄였어요. 칠레는 물론 미국, 유럽, 중국하고 에프티에이를 새로 맺으면서 그 조건에 따라 농업 직불금을 줄 수 없게 되었거든요. 그런 나라들은 농사를 대규모로 지으니, 그 농산물을 우리나라에 팔기 위해서 에프티에이를 열심히 체결해요. 그러니까 우리나라는 계속해서 농업을 내 주는 협정을 맺는 거예요. 우리나라 농민들은 아무리 혼자서 발버둥을 쳐도 소용이 없어요. 국가 정책에 농업이 아예 없으니까요.

그런데 농민들에게는 농사가 천직이라는 생각, 그리고 우리마저 농업을 놓으면 안 된다는 생각이 있어요. 어쩔 수 없이 생긴 사명감, 책임감이지요. 그래서 어렵게 농사를 짓는데 정부에서는 계속 책상에 앉아서 여러 가지 정책을 내놓아요. 6년 전에는 시설비를 무이자로 지원해 줄 테니 논을 인삼밭이나 포도밭으로 바꾸라고 했어요. 그래서 포도밭으로 바꾸고 나니 이제는 포도 농사를 폐업하래요. 강화에는 저희처럼 포도 농사로 바꾼 농가가 굉장히 많아요. 이 농부들은 다 어떻게 해야 할까요? 다행히 아직 강화군에서는 '권장'하는 단계지만, 다른 지방에서는 좀 더 심각해요.

충북 영동에 35년 동안 포도 농사를 지은 분이 있어요. 농사짓는 몇 천 평이 다 포도밭이에요. 옛날에는 영동이 포도로 유명했거든요. 그런데 정부에서 그 나무를 모조리 베라고 했어요. 30년 가까이 농사지었던 영동 지역 포도 농가 중 상당수가 폐업해 버렸어요.

국산 포도가 똥값이에요. 좋은 값에 안 팔려요. 포돗값이 떨어질 수밖에 없는 것이, 캘리포니아나 칠레에서 계속 싼 포도가 수입되거든요. 도시 사람들은 겨울에도 마트에 즐비하게 놓인 외국 포도를 먹게 돼요. 그러다 보니 입맛도 외국 포도에 길들여졌어요. 우리나라 포도는 시고 달아요. 외국 포도는 신맛이 별로 없지요. 그 맛에 길들여진 사람들이 포도철에도 포도를 안 사 먹어요. 도시 사람들에게는 우리나라 농부들이 이 포도를 수확해서 시장에 내놓기까지 얼마만 한 노동을 들이는지, 포도 한 송이의 원가가 얼마인지는 중요하지 않아요. 비싸다고 투덜거리기만 하면서 국산 포도를 안 사 주지요.

그럼 정부가 권하는 대로 포도밭이 다 없어지면 그다음에는 뭘 농사지어야 할까요? 최근에는 인삼 농가로 바꾸라고 하는데 그것도 쉬운 일이 아니에요. 인삼은 최소한 4년은 키워야 수익을 낼 수 있어요. 그러면 그 4년 동안은 어떻게 먹고살아요? 결국 농사짓지 말라는 뜻밖에 안 되지요. 우리는 이대로 다 농업을 포기해야 할까요?

10여 년 전부터 전 세계가 주기적으로 곡물 파동을 겪고 있어요. 기후 변화로 인한 자연재해 때문이기도 하고, 각국의 보호 무역주의에 따라 식량 공급의 균형이 깨지기 때문이기도 해요. 우리나라는 2000년대에 들어서서 여러 나라와 에프티에이를 체결했고, 그 결과로 식량 자급률이 점점 줄어들고 있어요. 우리나라의 유일한 자급 곡물은 쌀이에요. 지금은 해마다 쌀 재고량이 늘어나고 있다지만 언제 식량 위기가 닥칠지 모르는 일이에요. 무조건 농사를 포기하고 공산품을 수출하기만 하면 되는 게 아니에요.

여러분은 '아이엠에프(IMF) 시절'이라는 표현을 알지요? 여러분의 부모님 중에도 아이엠에프 시절에 피해를 본 분들이 계실 거예요. 그 시기에 회사마다 구조 조정을 하면서 많은 우리나라 회사가 외국에 팔렸어요. 한국의 큰 종묘 회사 두 곳도 외국으로 넘어갔어요. 카길이라고 하는 곡물 다국적 기업이 있어요. 씨앗을 판매하는 회사로 곡물로는 세계 1위의 기업인데 그곳으로 팔렸어요. 이제 우리나라에는 토종 씨앗이 거의 없어요. 세계의 곡물 시장은 다국적 곡물 회사 몇 개가 다 차지하고 있어요. 그만큼 식량 안보가 불안하다는 뜻이에요. 그 때문에도 우리는 농사를 포기하지 않아요. 이유가 무척 거창하게 보일지 모르지만 식량 위기는 멀지 않은 미래에 닥칠 위험이기도 해요.

농촌이 모두 사라진다면

주말이 되면 어마어마하게 많은 차가 강화로 들어와요. 수도권에 사는 사람들이 조금이라도 자연을 느껴 보겠다고 강화로 꾸역꾸역 밀려들어요. 저는 그 풍경에서 작은 희망을 봤어요.

사실 유럽을 비롯해서 전 세계가 농업은 이미 사양 산업이라고 생각해요. 그런데도 농업을 유지하는 나라들은 기본 소득 제도를 통해 농민들에게 소득을 어느 정도 보장해 주어요. 농촌을 지켜야 할 이유가 있기 때문이에요. 농촌은 식량 생산을 하는 곳일 뿐 아니라 도시 사람들에게 휴식과 평화를 제공하는 곳이기도 해요. 그래서 게스트하우스나 주말 농장을 운영하게 지원해 주는 거죠. 농민들은 정부에서 농업을 인정하고 지원해 주기 때문에 도시 노동자들보다 수입이 적어도 사명감과 보람으로 농촌에 살 수 있어요. 도시에서 대학을 나온 농부의 자녀들이 다시 농촌으로 돌아와서 가업을 이어 가기도 한대요.

여러분이 농업에 관심을 가지지 않으면 우리는 정말 희망이 없어져요. 농촌의 현실은 바로 내가 살고 있는 현실이에요. 제가 사는 강화군 양도면 같은 작은 농촌 지역이 살아 있어야 우리 사회가 희망을 가질 수 있어요. 평소에 시골 풍경들을 무심코 보아 넘겼다면 이제부터는 조금 다른 생각을 할 수 있으면 좋겠어요.

농촌의 현실은 암울하지만, 강화는 정말 좋은 곳이에요. 저는 다른 지역에 갔다가 초지대교를 넘어서 강화에 들어오는 순간, 마치 고향에 온 것처럼 마음이 푸근해지고 느긋해져요. 이런 풍경을 날마다 보면서 살 수 있는 것이 큰 행운이고 행복이라고 생각해요.

농촌에 살다 보면 막막한 현실에 수시로 부딪치지만 저는 아직 희망이 있다고 생각해요. 그래서 여러분이 농촌은 물론 농촌에 사는 숱한 생명들, 자연들, 우리의 환경, 에프티에이에 대해서 좀 더 관심을 가져 주면 좋겠어요. 우리가 바로 몇 년 앞의 문제, 지금 당장 먹고사는 문제에만 연연하다 보면 우리의 미래를 잃어버릴 수 있어요. 농촌이 이렇게까지 엉망이 된 원인을 분석하고 농업이 더 나빠지지 않도록 문제를 해결해야 해요. 그러려면 여러분이 깨어 있어야 해요.

제가 이렇게 여러분을 만나러 다니는 이유는 여러분하고 눈을 마주치고 이야기하면서 여러분이 이 세상의 주인이라는 것을 말하기 위해서예요. 어른들이 망쳐 놔서 정말 미안하지만 결국 여러분이 바꿔야 한다는 말씀을 드리기 위해서예요. 우리가 찾을 수 있는 희망에 대해 좀 더 생각해 주면 좋겠어요.

9

인권을 위해 춤을 추다

얼마 전에 홍대 앞에서 열리는 춤 공연을 보러 갔어요. 마침 그날이 수능이 끝난 주말이어서 천둥 번개가 치는데도 젊은 친구들이 많더군요. 우산을 써도 소용이 없는 폭우를 뚫고 한 소극장에 갔지요. 그 공연의 이름은 '무엇을 찾고 있는가? 거기엔 아무것도 없어-데게베'로, 포천 아프리카예술박물관 사건을 토대로 한 아프리카 춤 창작 공연이었어요. 그 공연을 연출하고 직접 무대를 꾸민 사람은 에마뉘엘 사누라고 하는, 아프리카의 부르키나파소에서 온 무용수예요.

혹시 기억하실지 모르겠네요. 약 4년 전에 포천의 아프리카예술박물관에서 일어난 예술인들에 대한 인권 침해가 큰 사회적 이슈가 된 적이 있어요. 포천에서 아프리카예술박물관을 만들면서 아프리카 출신 예술가들을 모집했어요. 아프리카 무용수들이 취업 비자를 가지고 우리나라 박물관에 와서 공연 계약을 맺고 공연을 하게 되었지요. 그런데 이분들 시급이 한 시간당 고작 3,000원이었어요. 여러분은 2018년 현재 최저 시급이 얼마인지 아시나요? 7,530원이에요. 지금보다 몇 년 전의 일이기는 하지만, 그래도 시급이 3,000원이라는 건 말이 안 되지요.

텔레비전이나 유튜브를 통해서 아프리카 춤을 본 적이 있는 학생들은 알겠지만 아프리카 춤은 굉장히 역동적이라서 에너지 소비가 어마어마해요. 그런 춤을 추는 무용수들이 하루 3회, 한 회에 한 시간 가까이 공연을 하는데 시간당 3,000원밖에 못 받는 거예요. 게다가 공연을 위해서 무용수들이 연습해야 하는 시간, 재충전하는 시간은 업무 시간으로 인정받지 못했어요. 그럼 이 사람들은 하루에 버는 돈이 얼마나 적을까요?

그것도 모자라서 한국으로 올 때 들인 비행깃값을 명목으로 한 달에 10만 원씩 기획사가 가져갔대요. 무용수들은 한 달 내내 공연을 하고도 50만 원이 안 되는 저임금에 시달려야만 했어요. 거기다가 무용수들을 한국에 데리고 온 기획자가 무용수들의 여권까지 갖고 있기 때문에 무용수들은 쥐가 들끓는 폐가 같은 숙소에서 탈출할 수도 없었어요. 여권 없이 그냥 일터를 나오면 불법 체류자가 되어 버리거든요. 결국 12명의 무용수들은 여의도 새누리당 당사 앞에서 피켓 시위를 했어요. 아프리카예술박물관의 주인이 당시

새누리당 소속의 국회 의원이었거든요.

이분들은 아프리카에서 이름 있는 무용수들이었고, 자기 나라의 춤에 큰 자부심을 갖고 있었어요. 그럼에도 불구하고 한국에서 시급 3,000원을 받는 값싼 이주 노동자 취급을 받아야만 했어요. 무수한 인권 침해를 당하면서요. 무용수들은 한국에서 인권 운동을 하는 단체의 도움을 받아 이 문제를 세상에 알렸어요. 이후 사누 씨를 제외한 다른 무용수들은 체불 임금을 받고 아프리카로 돌아갔지요. 그런데 사누 씨는 한국에 남았어요. 임금 체불 문제를 알리고 싸우는 데 도움을 준 한국 활동가들과 함께 '쿨레 칸'이라는 모임을 만들어 활동하게 되었지요.

사누 씨는 이전부터 스페인이나 포르투갈 같은 여러 나라에서 공연을 해 왔어요. 그중 어느 곳에서도 한국에서처럼 비인격적인 대우를 받아 본 적이 없었대요. 그것에 대해서 깊은 문제의식을 갖게 되었고, 한국에서 인권 운동을 하기로 결심했어요. 한국 사람들의 도움으로 무용단을 만들게 됐고 여기에서 아프리카 춤을 전수하면서 인권 운동을 하고 있어요.

단지 아프리카 사람이라는 이유로

춤을 추면서 인권 운동을 어떻게 할지 궁금하지요? 우리나라에서 가까운 일본의 후쿠시마를 아실 거예요. 지진 해일이 일어나서 방사능이 유출된, 이른바 '후쿠시마 사태'로 유명한 곳이지요. 사누 씨는 일본에 가서 다른 지방으로 강제 이주당한 후쿠시마 주민들에게 춤을 가르치면서 재활을 돕고 있어요. 춤을 통해 재난으로 인한 트라우마를 극복하도록 돕기도 하고, 주민들과 연대해서 원전 반대 운동도 하고 있지요.

우리나라에서도 여러 가지 활동을 하고 있어요. 우리나라에 노들야학이라는 장애인 인권 단체가 있어요. 사누 씨는 이 단체에 가서도 춤을 가르쳐 주었어요. 저도 그 노들야학에 계신 분들의 초대로 토요일 공연을 보게 되었지요.

막상 공연을 보고 나니 저는 무척 부끄러웠어요. 탈춤, 부채춤, 승무 같은 우리의 고유한 춤들을 우리가 그냥 아시아 춤이라고 부르지 않잖아요. 그런 것처럼 아프리카에도 수많은 나라가 있고, 각 나라마다 고유한 문화와 예술이 있는데 우리는 뭉뚱그려서 그냥 '아프리카 댄스'라고 이야기해요. 저도 그렇게만 알고 갔는데, 사누 씨가 정확하게 이 춤은 '만딩고'라는 춤이라고 말씀하시더라고요. 저도 제 나름대로 인권에 관심 있는 사람이라고 했는데, 저 역시 그 춤을 다 볼 때까지 '아프리카 춤은 굉장히 역동적이구나.' '아프리카인들은 몸이 참 멋있구나.' 하고 감탄하고 있었던 거예요.

사누 씨는 만딩고라는 춤에 한국에 온 이주 노동자들이 벌인, 자신들의 권리를 찾기 위한 싸움을 담아냈어요. 굉장히 멋있었어요.

저는 그 공연을 보고 돌아오면서 미처 몰랐던 여러 가지 사실을 알게 됐어요.

그중 하나는 우리나라에 와 있는 아프리카 출신 이주 노동자가 우리가 생각하는 것보다 훨씬 더 많다는 거예요. 그리고 또 하나는 아프리카 출신 사람들에 대한 인종 차별이 제가 알고 있던 것보다 훨씬 더 무섭다는 거예요. 사누 씨는 밤에 택시를 타려다가 거부당한 적이 셀 수 없이 많다고 해요. 택시가 아니라 버스에 탈 때도 인상을 찌푸리는 기사님들을 만났고요. 그런 상황을 일상적으로 마치 당연한 일처럼 감수하며 살아야 해요. 다른 지역에 공연을 갈 때면, 분명 당당한 무용수로서 초대받아 가는 것인데도, 마치 불법 체류자를 심사하듯이 꼬치꼬치 캐묻는 사람들의 무례를 감수해야만 하고요.

많은 한국 사람이 사누 씨처럼 피부가 검은 사람들에 대해 거부감을 갖고 있거나, 가난한 나라에서 왔을 테니 쉽게 대해도 된다고 생각하는 것 같아요. 사누 씨도 그런 질문을 자주 받는다고 해요. 아프리카에 텔레비전이 있느냐, 비행기가 있느냐, 집이 숲이랑 동물들에 둘러싸여 있느냐 등등. 사누 씨는 일을 찾아서 한국에 왔다가 인권 침해를 당했고 생존권을 위협받았으며 모멸감을 느꼈어요. 우리는 경험하지 못하는 것들을 그분은 날마다 경험하고 있었어요. 사누 씨는 한 언론 인터뷰에서 말했어요. 피부색이 국적을 결정하지 않는다고요. 저는 그 기사를 보고 몹시 부끄러웠어요. 저도 외모를 보고 이주민들의 국적을 판단한 경험이 있거든요.

저는 비슷한 이야기를 다른 곳에서 들은 적이 있어요. 한국에는 꼰솔라따 선교 수도회가 있는데 그곳에는 케냐나 나이지리아에서 온 흑인 신부님들이 있어요. 저희와 몇 년 동안 공동체 미사도 했는데 그 신부님들도 한국에 와서 차별을 자주 경험했다고 고백하셨어요. 스페인이나 이탈리아에서 온 백인 신부님들에 비해 경찰의 단속도 더 많이 받았고 불법 이주 노동자 취급을 받은 경우도 많았다 해요. 또 케냐와 나이지리아의 문화나 공동체에 대해 소개하고 싶었지만 아무도 그런 것에는 관심이 없었다고 해요. 가난한 곳에서 굶다 온 사람 취급하거나, 한국에서 편하게 살다 가라고 말하는 가톨릭 신자도 있었다고 해요. 저는 그 신부님들을 통해 우리 안의 차별과 편견에 대해 좀 더 예민해지게 되었어요.

잠든 척하는 사람은 깨우기 어려워

사누 씨가 한 언론 인터뷰에서 이런 아프리카 속담을 소개해 주었어요.

"진짜로 잠든 사람을 깨우는 건 쉽다. 그러나 잠든 척하는 사람을 깨우는 건 어렵다."

저도 여러분에게 같은 이야기를 하고 싶어요. 저 또한 늘 깨어 있고 싶다고 하면서도 그냥 눈감아 버리거나 내 눈에 보이지 않으면 안 보이는 것 취급을 해 버리고 살았던 것을 반성하고 있어요. 우리는 잠든 척하지 말아야 해요. 잠든 척한다는 건 어떤 걸까요? 인권 침해를 당하는 수많은 이주 노동자가 우리 곁에 있다는 사실을 외면하는 것, 우리가 학력이나 경력에 따라 혹은 부의 정도에 따라 등급이 매겨지는 상품이 된다는 현실을 외면하는 것이에요.

바로 지금 이 시간에도 75미터 높이의 굴뚝에 올라가 있는 두 노동자가 있고, 또 광고탑에 올라가 있는 두 노동자가 있어요. 그리고 얼마 전 제주도에서는 제주 제2공항 건설에 반대하는 김경배 씨가 40일 동안 단식을 하다 병원에 입원했어요. 함께 사는 세상을 만들기 위해 누군가는 목소리를 높여서 외치고, 누군가는 단식을 하면서 목숨을 걸고, 누군가는 굴뚝 위에 올라가 있어요. 지금도. 그런데 우리는 우리와 상관없는 일이라고 생각해서 관심을 두지 않아요. 이런 것이 바로 자는 척하는 거예요.

우리가 가진 능력 중에는 상상력이 있어요. 내가 직접 아프지 않아도 우리는 상상력이 있기 때문에 타인의 고통을 상상할 수 있어요. 타인의 고통을 보면서 '아, 나도 저런 어려움에 처할 수 있어. 저렇게 아플 수 있어.' 하고 상상하고 연민을 느낀다면 연대의 손을 내밀 수 있어요.

10

평화와 종을 생각하다가

제가 쓴 소설 중에 『꽃섬고개 친구들』이 있어요. 이 소설은 실존 인물을 토대로 썼어요. 이 책에는 한길이라는 인물이 나오는데, 한길이의 모델이 '오태양'이라는 사람이에요. 평화에 대한 신념을 가지고, 또 종교인으로서 '양심에 따른 병역 거부'를 한 사람이지요.

2001년 미국에서 쌍둥이 빌딩이 테러로 무너졌던 것 다들 알지요? 그해에 미국이 복수를 하기 위해서 아프가니스탄을 공격해요. 아프가니스탄의 평범한 국민들, 특히 어린이들이 희생되지요. 그때는 날마다 큰 전쟁이 일어날까 봐 걱정하며 뉴스를 보았어요. 그날도 그런 마음으로 자정 뉴스를 보고 있었는데, 우리나라에서 불교 신자로서는 최초로 병역 거부자가 생겼다며 한 청년의 기자회견이 보도되었어요. 하얗고 야윈 얼굴에 가는 금테 안경을 낀 오태양이라는 청년은 불교 신자로서 불살생과 생명 존중의 교리를 따르고 평화적 신념을 지키려면 사격, 총검술 같은 각종 군사 훈련이 필수인 병역의 의무를 이행할 수 없다며 양심에 따라 병역 의무를 거부한다고 말했어요. 그리고 자신과 같은 이유로 병역을 거부하는 이들이 가지고 있는 국민의 기본권을 인정해 주고 민간 봉사 등 병역 의무를 대체할 길을 열어 달라고 말했어요. 그 뉴스를 보는데 머리가 띵 했어요. 마치 누군가에게 얻어맞기라도 한 듯이요. 저는 우리나라에 여호와의 증인 신도를 제외하고는 양심에 따른 병역 거부자가 있을 거라고 상상도 못 했거든요.

"기회가 주어진다면 교사 부족으로 폐교 위기에 처한 오지의 초등학교에서 수년간 무보수 교직 활동을 하거나 노숙자, 독거노인 분들을 돕는 사회봉사 활동을 통해 병역 의무를 이행하고 싶다."라는 그 청년의 말은 제 가슴을 뭉클하게 했어요.

우리나라는 오랫동안 양심에 따른 병역 거부자들에게 대체 복무를 허용하지 않았어요. 양심에 따른 병역 거부를 하면 최소 1년 반은 교도소 생활을 해야 했지요.

많은 사람이 양심에 따른 병역 거부와 병역 기피를 혼동해요. 병역 기피는 권력이나 돈을 이용해 군 복무 의무를 면제받는 것을 말해요. 병역 비리와도 연관이 많은데 정치인의 자제나 연예인, 운동선수 등이 그런 경우가 많았죠. 그러나 양심에 따른 병역 거부는 자신의 신념에 따라 입영이나 집총을 거부하는 것이에요. 양심에 따른 병역 거부자들은 병역 기피자들처럼 병역 거부를 통해 어떤 이득을 얻는 게 아니에요. 대부분 재판을 거쳐 구속이 되었거든요. 법에 의해 범법자가 되기 때문에 오히려 자신들의 꿈을 포기하는 아픔을 겪는 경우가 많았어요.

오태양 씨는 원래 초등학교 선생님이 꿈이었대요. 그래서 서울교대에 진학했지요. 대학생이 된 뒤, 빈민 지역에서 공부방 교사를 하고, 북한에서 '꽃제비'로 살다가 탈북한 어린이들을 돕는 시민 단체에서 활동하면서 평화의 의미에 대해 다시 생각하게 되었대요. 그러면서 불교 신자가 되었고 병역도 거부하게 된 것이지요. 어려운 형편에 똑똑한 아들이 대학생이 된 것을 자랑스럽게 생각하던 어머니와 누나들은 처음에는 앞이 캄캄했을 거예요. 아들이, 동생이 교사의 꿈을 포기했으니까요. 전과자는 교사가 될 수 없으니 양심에 따른 병역 거부를 하면 어려서부터 꿈이던 선생님이 되는 것을 포기할 수밖에 없어요. 저는 뉴스를 본 뒤 오태양 씨가 궁금해졌어요. '언젠가 저 사람을 만나서 저 사람의 이야기를 쓰고 싶어.' 하고 생각했어요.

오태양 씨 이전까지 우리나라의 병역 거부자들은 대개 여호와의 증인이라는 특정 종교의 신자들이었어요. 그들 역시 종교적 교리를 지키기 위해 집총을 거부할 수밖에 없었고 병역 거부의 길을 선택했어요. 6·25 때부터 2000년까지 종교 때문에 병역 거부를 한 사람들은 거의 여호와의 증인 신도들이었고, 그들의 인권 문제가 사회 문제가 되었어요. 기독교 교단이 '이단'으로 규정했다는 이유로 특정 종교가 차별받는 것도 문제지만, 무엇보다 그들이 종교적 신념에 따라 병역을 거부함으로써 받는 차별과 인권 유린이 몹시 심각했거든요.

총을 들지 않는 청년들

2017년 병무청이 국회에 제출한 자료를 살펴보니 우리나라에는 해마다 종교나 신념에 따라 입영을 거부해서 재판을 받는 청년들이 600여 명이 된다고 해요. 1945년 광복 이후 최근까지 입영 및 집총 거부로 처벌받은 사람은 2만여 명에 이르고요. 징역 1년 6개월의 형이 관행처럼 선고되었어요. 유엔 자유권규약위원회는 한국의 양심에 따른 병역 거부자에 대한 형사 처분이 '양심 및 종교의 자유(규약 제18조)' 위반이라고 지적했어요. 이미 2015년에 이들을 즉시 석방하고 전과 기록도 없앨 것을 권고했고요.

그러나 우리나라 대법원은 병역 거부자들에게 계속 유죄 판결을 내렸고, 헌법재판소도 2004년과 2011년에 병역 거부자를 처벌하는 병역법 조항이 합헌이라고 했어요. 징병제가 있는 국가 중 병역 거부권을 인정하지 않는 국가는 한국과 중국, 쿠바, 북한, 시리아 등을 포함해 36개국뿐이었어요. 게다가 양심에 따른 병역 거부자가 해마다 수백 명씩 교도소에 가는 나라는 한국이 유일했지요.

2018년 6월 28일, 헌법재판소는 중대한 결정을 내려요. 양심적 병역 거부와 관련해 대체 복무제 없이 병역 거부자를 처벌하는 것은 위헌이라고 결정한 거예요. 이로써 한국의 양심적 병역 거부자들에게도 대체 복무의 길이 열렸어요.

평화를 생각하며 총 들기를 거부한 사람들, 제가 이들에게 구체적인 관심을 가지게 된 것은 90년대 초반, 도로시 데이라는 가톨릭 일꾼 공동체 활동가의 에세이를 읽고 난 뒤였어요. 그 책에는 2차 대전이 일어나는 와중에 뉴욕 한가운데에서 반공 훈련을 거부하는 평화 운동가들의 이야기가 있었어요. 그 후 저는 평화 운동가들의 저항 행동에 관심을 가지게 되었어요. 베트남전을 거부한 미국 청년들의 이야기도 알게 되었지요. 저는 동두천의 기지촌에서 자라면서 일찍부터 군사 문화에 노출되었던 데다 6·25를 직접 겪은 부모님을 통해 전쟁의 참상에 대해 많이 들어 와서 전쟁이나 폭력에 예민한 편이었어요. 그래서 도로시 데이와 가톨릭 일꾼 공동체의 평화주의에 관심이 많이 갔어요. 오태양 씨의 양심에 따른 병역 거부가 남다르게 다가온 것도 그 때문인 것 같아요.

오태양 씨를 직접 만난 건 그로부터 4년 뒤였어요. 그때는 이미 평화주의적 신념, 혹은 기독교 신자, 가톨릭 신자 들의 종교적 신념에 따른 병역 거부가 잇따른 뒤였지요. 어쩌면 저는 오태양 씨에게서 거창한 평화적, 불교적 신념을 들을 거라 기대를 했었는지 모르겠어요. 그런데 제가 만난 오태양 씨는 아주 반듯하고 여리고 순한 청년이었어요. 제가 공부방에서 만나는 청년들과 같았어요. 가난하고 어렵게 자랐기 때문에, 자신을 닮은 아이들을 사랑하는 예비 교사의 전형이었죠. 오태양 씨는 아주 편안하게 어린 시절 이야기를 해 주었어요. 행려병자로 돌아가신 아버지, 아버지를 대신해서 생계를 꾸리며 자식들을 키운 어머니, 공부 잘하는 막냇동생을 위해 기꺼이 자신의 몫을 나누어 준 누나들, 그리고 서울교대에 간 뒤 봉사하러 간 산동네 공부방에서 만난 아이들을 통해 깨닫게 된 일상적인 폭력에 대한 이야기를 조곤조곤 들려주었어요.

저는 오태양 씨의 이야기에 깊이 공감했어요. 제가 사는 곳 또한 빈민 지역이라서 가난한 이들 속에 내면화된 폭력을 날마다 경험하고 있었으니까요. 오태양 씨도 그런 아이들을 보며 평화와 폭력에 대해 다시 생각하게 되었대요. 오태양 씨는 어머니와 누나들에게 미안하지만 자신의 선택이 옳다고 믿는다고 했어요.

아니요 하고 말하기

오태양 씨가 양심에 따른 병역 거부를 선언하기까지 많은 고민과 갈등이 있었겠지요. 오랜 꿈인 교사를 포기하는 일도 쉽지 않았을 거예요. 미래도 불투명했을 거고요. 그런데도 오태양 씨는 자신의 신념을 따랐어요. 그리고 오태양 씨 이후로 초등학교 교사로서 평화적 신념을 지키기 위해 병역 거부를 한 이가 있는가 하면, 폭력적인 시위 진압을 거부하며 병역 거부를 한 이도 있었어요.

양심에 따른 병역 거부자들은 수감 생활을 끝내고 나온 뒤 사회의 다양한 영역에서 평화 활동을 하고 있어요. 저는 그 청년들을 보며 병역을 거부하는 일만큼이나 우리 일상 속에서 폭력을 거부하고, 차별과 혐오에 '아니요' 하고 말하는 것에도 용기가 필요하다는 것을 깨달았어요.

『꽃섬고개 친구들』이라는 작품을 내게 된 건 오태양 씨를 만나고도 다시 4년이 지난 뒤였어요. 단지 양심에 따른 병역 거부만이 아니라 일상에 깊이 뿌리박힌 폭력과, 그 폭력에 맞서는 청년들의 이야기를 하고 싶었던 터라 글을 쓰기까지 긴 시간이 필요했거든요.

남북이 아직 휴전 상태이고, 북한이 언제 또 말을 바꾸어 핵 실험을 할지 모르는데 양심에 따른 병역 거부는 결국 병역 기피나 마찬가지 아니냐고 하는 사람들이 적지 않을 거예요. 그러나 해마다 신념에 따라 교도소에 가는 수백 명의 청년들에게 대체 복무를 할 기회를 준다면 이들은 자신의 양심을 지키면서도 사회에 기여할 수 있을 거예요.

우리 사회에는 중증 장애인, 정신 장애인, 노인 등 사회적 돌봄이 필요한 사람이 많아요. 또 재해 복구나 소방 업무 지원 등 공공 영역에서 일할 사람들도 많이 필요하다고 해요. 대만에서는 2000년부터 대체 복무제를 실시하고 있어요. 처음에는 지금 우리나라처럼 우려의 목소리가 컸다고 해요. 그러나 군 생활보다 1.5배 길게 하도록 했던 대체 복무 기간을 군 복무 기간과 똑같이 바꿀 정도로 이에 대한 여론이 긍정적으로 변했다고 해요. 대체 복무가 힘들다는 것을 알게 된 것이지요. 우리나라도 이제 인권 후진국에서 벗어나야 하지 않을까요?

11

아픈 친구의 곁에 선다는 것

근이영양증이라는 병명을 들어 보았나요? 근육병의 하나인데, 이름이 다소 생소하지요? 스티븐 호킹이 앓는 루게릭병도 근육병의 일종인데, 루게릭병과 근이영양증은 좀 달라요. 루게릭병도 희귀 질환으로 환자가 무척 고통스럽고 근육도 마비되지만 생명은 유지할 수 있는 데 비해, 근이영양증은 대체로 스무 살을 전후로 죽어요. 모계 유전되는 질병인데 거의 남자아이에게서 나타나지요. 보통 듀센형 근이영양증 환자들은 근육이 마비되면서 지적 장애도 같이 진행돼요. 제가 아는 친구 중에 이 병을 앓던 친구가 있어요.

공부방을 연 지 얼마 안 되었을 때 초등학교 2학년이던 영아가 공부방에 다니겠다고 엄마 손을 잡고 왔어요. 영아는 긴 머리를 대충 묶어 산발이고 얼굴은 핏기가 없어 보일 정도로 하얀 아이였어요. 이마와 눈을 덮은 덥수룩한 머리카락 사이로 눈을 반짝이며 공부방을 살피는 모습을 보며 영아와 계속 만나고 싶다는 생각이 들었지요.

영아 엄마는 나이에 비해 얼굴에 주름이 많고 그늘이 깊었어요. 영아네는 지금은 사라진 만석동 9번지의 작은 시장 골목에서 연탄가게와 지물포를 하고 있었어요. 그때만 해도 만석동 사람들은 동인천이나 신포동으로 장을 보러 가지 않았어요. 동네에 있는 작은 시장 골목에서 장을 보고, 신발을 사고, 옷도 사 입었죠. 그래서 영아 엄마는 늘 바빴어요. 시장 골목에 가면 영아 엄마가 연탄 가게 앞에서 굴을 까고 있는 모습이 보였어요. 정말 부지런한 분이라 느꼈어요.

영아가 공부방을 다닌 지 두어 달 뒤에 영아 엄마에게서 영아 오빠가 듀센형 근이영양증이라는 이야기를 들었지요. 일곱 살 때 갑자기 걷다가 넘어지더니 그 뒤 몸을 쓰지 못했대요. 한 2년간을 아이를 업고 인천에 있는 병원이란 병원은 다 다녔는데 어느 병원에서도 이유를 모르더래요. 그러다 찾아간 한 정형외과에서 세브란스 병원으로 가 보라는 얘기를 들었고, 거기에 가서야 아이의 병이 근이영양증이라는 걸 알았다고 해요.

병원에서 아들이 앞으로도 걷지 못할 거고, 스무 살 전에 사망할 수 있다는 이야기를 듣고 하늘이 무너지는 것 같았대요. 더욱이 그 병이 자신이 가진 유전자 때문이라는 걸 알고 영아 엄마는 집으로 돌아오는 길에 바다에 빠져 죽어야겠다고 생각했대요. 그러나 병을 물려준 엄마가 아들을 죽게 할 수는 없더래요. 그렇게 돌아왔지만 힘이 들 때마다, 시댁의 비난과 구박이 심해질 때마다 몇 번이나 자살을 생각했대요.

영아 오빠는 학교도 가지 못한 채 방에 누워 있었어요. 영아는 어려서부터 그런 오빠를 돌보았고요. 엄마 아빠는 쪽잠을 자면서 악착같이 일만 했어요. 우연히 셋째가 생겼고 딸이기를 바랐는데 아들이었어요. 의사 선생님이 아들이면 형과 마찬가지로 근이영양증일 가능성이 50 대 50이라고 했대요. 그런데 영아 동생 영호는 형과 달리 건강하고 야무졌어요. 네 살 때도 동요 테이프 몇 개를 통째로 외워 불러 동네 사람들이 영호는 형과 다를 거라고 말했죠. 달리기도 잘했고 성격도 밝았어요. 영아 엄마 아빠는 영호는 근이영양증일 리 없다며 검사를 차일피일 미뤘어요.

그러나 안타깝게도 제 눈에는 영호의 종아리 근육이 딱딱하게 굳어 가고 있는 게 보였어요. 영아 엄마에게 큰 고통이라는 걸 알면서도 저는 영호를 데리고 병원에 가 보시라고 계속 권했어요. 결국 영호도 여섯 살 때 근이영양증 진단을 받고 말았어요. 의사 선생님은 영아 오빠 때와 달리 병의 원인도 알고, 치료에 필요한 체조와 약도 있으니 병의 진행을 늦출 수 있을 거라고 했지요. 줄기세포 치료법이 개발되고 있다고도 했어요.

영아 엄마 아빠는 희망을 품기 시작했고 더 열심히 일했어요. 언젠가 수술을 할 기회가 오면 돈이 필요하니까요. 영아 엄마는 날마다 한 시간씩 영호와 체조를 하고 병원 진료도 거르지 않았어요. 그러나 영호가 초등학교에 입학하고부터 걷는 게 불편해지기 시작했어요. 1, 2학년 때만 해도 공부방 정기 공연 때 무대에 올라가 율동을 할 수 있었지만 병의 진행이 점점 빨라졌어요. 4학년 때는 이미 무릎을 펴고 접는 게 곤란해졌지요. 영호는 초등학교 5학년 때 학교를 포기했어요. 친구들이 영호의 장애를 놀렸고, 선생님들은 불편해했거든요. 영호는 언젠가 이렇게 말했어요.

"이모, 애들이 멀리서 뛰어오기만 해도 나한테 와서 나를 밀칠까 봐 겁이 나요."

나중에는 누군가가 자기 곁으로 오면 지레 겁이 나 꼼짝 못 하는 지경까지 갔지요. 학교를 그만두고도 공부방에는 왔는데, 몇 달 지나지 않아 그것마저 힘들다고 했어요. 영호 대신 공부방 이모가 영호네로 가서 한 시간씩 책을 읽어 주고 같이 이야기를 나누었죠. 영호네 집은 새벽에 가장 먼저 불이 켜지고, 저녁에 가장 늦게 꺼지는 집이었어요. 영호 엄마는 희망을 버리고 싶지 않았던 거예요. 더욱 열심히 일을 했어요. 그런데 영아 오빠가 열일곱에 세상을 떠났어요. 영아 엄마는 영아 오빠를 화장해 보내고 와서도 굴을 깠어요. 사람들은 독한 사람이라고 뒷말을 했지만 저와 공부방 식구들은 알았죠. 그게 영아 엄마가 슬픔을 견디는 길이라는 것을요. 언젠가 자기도 형이 간 길을 따라갈 거라는 걸 아는 영호도, 영아도 그 슬픔을 각자의 가슴에만 담고 나누지 못했어요.

지금은 근육병 환자들에게 지자체에서 전동 휠체어도 무상으로 빌려주지만 그때는 그러지 않았어요. 영호의 마지막 외출은 영호가 열세 살 때였어요. 한 수도회에서 공부방 식구들을 모두 놀이공원에 보내 주었어요. 그때 영호도 휠체어를 타고 에버랜드에 함께 갔죠. 그날 영호는 아주 밝았고 행복해했어요. 그러나 에버랜드에 다녀온 뒤 감기로 고생을 했어요. 근이영양증 환자들에게는 감기가 위험한 병이 될 수도 있어요. 폐렴으로 진행될 수 있거든요. 그 뒤로 영호는 외출을 하지 못했어요.

영호가 열여섯이던 어느 날, 공부방 이모가 영호에게 물었어요.

"영호야, 나중에 네가 떠날 때 식구들이 어떻게 해 주면 좋겠어?"

영호는 이렇게 말했어요.

"병원에 가 주면 좋겠어요. 혼자 죽는 건 무서우니까요. 그리고 우리 가족이 함께 있으면 좋겠어요."

저는 그 이야기를 영아 엄마와 영아에게 전했어요. 그리고 영호가 열일곱이던 어느 날, 영아에게서 전화가 왔어요.

"이모, 여기 인하대 병원이에요. 영호가 떠났어요."

나중에 들었어요. 영호가 호흡 곤란이 오자 곧장 병원으로 갔다고요. 영아 엄마, 영아 아빠, 영아까지 택시를 타고 병원에 가면서 영호가 겁나지 않게 계속 이야기를 해 주었다고요. 그리고 병원에 도착해 세상을 떠났다고요.

저는 영아 가족을 만나면서 타인의 고통에 공감하고, 고통을 나누는 방법이 고작 곁에 서 있는 것뿐일 때가 더 많다는 걸 깨달았어요. 그리고 제가 할 수 있는 연대는 그 고통과 슬픔을 잊지 않고 기억하는 것이라는 것도요. 그래서 중편소설 「조커와 나」를 쓰게 되었어요.

빈자리가 자꾸만 마음에 걸려서

「조커와 나」는 영호의 이야기만은 아니에요. 또 다른 주인공이 있지요. 공부방에 희철이라는 남학생이 있었어요. 초등학교 1학년 때부터 공부방에 다닌 아이였죠. 또래에 비해 감수성이 예민한 아이였어요. 희철이가 중학교 3학년 때였어요. 평소에는 공부방에 오자마자 학교에서 있었던 일을 이야기하며 10여 분은 수다를 떨던 아이가 일주일째 말이 없는 거예요. 우리는 일단 지켜보자고 했어요. 그런데 일주일이 지난 날 수업에도 집중하지 못하고 머리카락을 마구 쥐어뜯더래요. 담당 이모가 걱정이 되어 희철이에게 물었대요.

“도대체 왜 그래? 무슨 일 있는 거지?”

그러자 희철이 눈에서 눈물이 뚝뚝 떨어지더래요. 그러면서 자기가 글로 쓰면 안 되겠냐고 하더래요. 그래서 담당 이모랑 글을 쓴 거예요. 희철이네 반에는 민수라는 근이영양증 환자가 있었대요. 중학교 1학년 때도 같은 반이었대요. 담임 선생님이 휠체어를 타고 있는 그 친구를 도울 봉사자를 모집할 때 희철이가 손을 들었대요. 공부방에서 영호를 본 적이 있어서 망설이지 않고 봉사를 자원한 거예요. 둘은 맨 뒤에 나란히 앉아 짝꿍이 되었지요. 좋은 마음으로 시작은 했는데 시간이 지날수록 귀찮은 게 많더래요. 수업 시간에 집중하지 못하는 민수가 점점 방해가 되더래요. 그래서 희철이는 쉬는 시간이 되면 일부러 자기 자리에 있지 않고 다른 친구 자리에 가서 떠들고 놀았어요. 그리고 학년이 바뀌면서 민수를 잊었어요.

그러다 중3 때 또 같은 반이 되었어요. 중3이 되자 봉사 점수가 중요해져 희철이가 아니어도 봉사를 자원하는 친구들이 많았대요. 그래서 희철이는 굳이 봉사를 자원하지 않았대요. 그런데 어느 날인가부터 민수가 학교에 오지 않았어요. 이틀이 지나고, 사나흘이 지났는데도 선생님도 아무 말씀을 안 하고, 아이들도 관심이 없었어요. 희철이는 그 빈자리가 자꾸 마음에 걸렸어요. 그래서 선생님께 말씀드렸어요. “선생님, 민수가 계속 안 와요.” 그랬더니 선

생님은 그저 이렇게 말씀하셨대요. "원래 자주 아프잖아. 감기에 걸렸나 보지." 그 말을 듣고도 희철이는 자꾸 마음이 쓰였어요. 희철이는 할머니와 단둘이 살고 있던 민수네 집에 찾아갔어요. 할머니는 민수의 안부를 묻는 희철이에게 담담하게 말씀하셨대요.

"민수 죽었다."

그 말을 들은 이후로, 희철이는 죄책감이 들고 선생님과 친구들에게 화가 났대요. 1학년 때 짝이었을 때 귀찮고 힘들다고 외면했던 일, 친구가 학교에 오지 않은 지 닷새나 되었는데도 아무도 관심을 기울이지 않은 일이 떠오르면서 손자가 죽었는데도 학교에 연락조차 하지 않은 할머니, 무심한 담임 선생님까지 너무 미웠대요. 무엇보다 희철이가 힘들었던 건 자신도 그들과 똑같은 사람이 되었다는 생각이었어요. '나는 착한 사람인 줄 알았는데, 남을 도우면서 살고 싶었는데.' 하는 마음 때문에 오랫동안 괴로워했어요.

희철이가 느낀 것처럼 방관자가 되거나 타인의 고통을 외면하는 일은 사실 가해자와 같은 편에 서는 일이 될 수 있어요. 교실 안에서 누군가 따돌림을 받거나 괴롭힘을 당하고 있을 때도 마찬가지예요. 가만히 있거나 모른 척하면, 괴롭히는 친구들과 다르지 않아요. 나의 무관심이 결국 그 아이를 혼자 외롭게 있도록 만드니까요. 그게 당사자에게는 엄청난 상처가 될 거예요.

우리는 흔히 이렇게 생각해요.

"나는 괴롭히지 않아."

"나는 왕따 같은 것 안 시켜."

"나는 차별하지 않아."

그런데 내가 무심코 외면하거나 혹은 한발 물러서는 것도 또 다른 폭력이 될 수 있어요. 한쪽을 편들지 않는 것을 우리는 중립이라고 이야기해요. 그런데 중립도 폭력이 될 수 있어요. 때로는 누군가의 편을 들어야 해요. 그러면 누구의 편을 들어야 할까요? 힘센 사람? 아니에요. 왜냐하면 나도 언젠가는 힘센 사람이 아니라 약한 사람이 될 수 있으니까요. 역지사지, 입장을 바꾸어 생각해 보면 금세 알 수 있어요. 나는 지금 몸이 건강하지만 언제 어떤 일을 겪을지 모르잖아요. 누구나 장애가 생길 수 있고, 몸이 아플 수 있다는 생각을 한다면 함부로 "나는 쟤네랑 달라."라는 말을 할 수 없을 거예요.

12

나 홀로 털신을 신은 이유

오늘은 제 학창 시절 이야기를 조금 해 볼게요. 저는 20대 때부터 계속 되풀이해서 꾸는 꿈이 몇 가지 있어요. 그중에는 꾸고 싶지 않은 꿈도 있는데 이상한 미로에 갇히는 꿈이에요. 5층 이상 되는 건물에 갇혀서 나가지 못하는 거예요. 계단으로 내려가야 1층 현관 밖으로 나갈 텐데 계단이 제 앞에서 어느 순간 사라져요. 혹은 내려가는 계단이었는데 올라가는 계단으로 바뀌거나, 분명히 복도 끝으로 가면 내려가는 계단이 있었는데 갑자기 벽이 딱 막고서 있어요. 아니면 내려가는 도중에 계단이 사라져서 벼랑이 되고요. 창밖을 내다보면 분명히 바깥이 보이고, 저기까지 가는 데 5분도 안 걸릴 것 같은데 하루 종일 그 계단만 오르내리면서 건물에 갇혀 있는 거예요. 그런데 그 건물은 중학교 때 전학 오기 전, 혹은 전학 온 뒤의 학교 건물이에요.

또 다른 꿈은 차를 타고 나선형으로 된 산동네를 위태롭게 올라가거나, 기차를 탔는데 기차가 높은 산마루에 걸려 넘지 못하는 꿈이에요. 제가 고소 공포증이 있어서 그럴 때는 꿈속에서도 소름이 끼칠 정도로 무서워요. 때로는 그 산동네를 끊임없이 헤매요. 산동네 골목은 미로처럼 나 있고 살얼음이 얼어 있거나 가파른 비탈이 나오기도 해요. 멀리 너른 들판이나 사람들이 사는 동네가 보이는데 그 밑으로 내려가지를 못하죠.

바다를 항해하는 꿈을 꾸기도 하는데요, 빙하가 배의 항해를 막기도 하고, 항구가 코앞에 있는데 풍랑을 만나 항구에 닿지 못하기도 하죠. 때로는 섬과 섬 사이를 항해하다 미지의 섬에 내려 여행을 하기도 하고, 코발트빛 아름다운 바다를 항해하기도 해요. 혹은 행글라이더를 타고 산꼭대기 위에서 바다가 보이는 곳까지 날아요. 황토물이 쏟아지는 계곡이나 파도가 치는 거친 바다를 발아래 두고요. 어떨 때는 바다 위나 섬 위를 날며 아래를 조망하기도 해요. 그리고 어디론가 여행을 자주 가요. 주로 공동체 식구들과 함께 가죠. 도중에 길을 잃고 헤매지만 늘 목적지를 향해 함께 가면서 시냇물이나 샘을 만나죠. 목적지에 도달한 꿈은 아직 꾸지 못했어요.

저는 그렇게 되풀이해서 꾸는 꿈을 해석하고 싶어 꿈 공부를 했어요. 그리고 건물 안에 있거나 높은 산에 있는 미로를 헤매는 꿈은 제 안에 억압된 무의식들이 현실에서 자극을 받을 때 드러난다는 걸 알게 되었어요.

조용히 산만한 아이

저는 학교 부적응 아동이었어요. 겉으로는 잘 드러나지 않았죠. 모범생은 아니었어도 특별히 문제를 일으키는 학생은 아니었으니까요. 그러나 저는 계속 학교와 불화하는 아이였어요.

제가 초등학교 1학년 때를 두고 저희 엄마가 해 주신 이야기가 있어요. 1교시 때는 자리에 똑바로 앉아 있던 애가 점점 밑으로 내려가서 3, 4교시쯤 되면 아예 책상 밑에 들어가 앉아 있었대요. 엄마가 속상해서 "왜 자꾸 밑으로 내려가니?" 하고 물으니 제가 "선생님이 낯설고 무서워요."라고 대답했대요. 선생님뿐만이 아니었어요. 그때는 한 반에 70명도 넘었거든요. 생전 처음 보는 아이들하고 같이 공부하는 것이 낯설고 두려웠던 것 같아요.

초등학교 2학년인가 3학년 때는 탬버린을 흔들다가 쓰러진 적도 있어요. 캐스터네츠랑 트라이앵글, 탬버린을 들고 합주하는 시간이었어요. 제 기억에 10명 가까이 되는 아이들이 교단에 두 줄로 서 있었고 저는 키가 작아 앞줄에 있었어요. 그런데 저도 모르게 자꾸 뒷걸음질 쳐서 뒤로 갔던 것 같고 그다음에는 기억이 안 나요. 나중에 생각해 보니 사람들이 날 주목하는 것도 싫고, 탬버린을 흔드는 것도 너무 싫어서 그 자리를 피하고 싶었던 거 같아요.

3학년 여름 방학을 앞두고 엄마가 또 학교에 오신 적이 있어요. 제가 계속 짝한테 괴롭힘을 당해 선생님께 상의하러 오셨던 건데 정작 그 이야기는 꺼내지도 못하셨대요. 선생님께서 제가 "조용히 산만한" 애라고 하셔서요. 한번은 수업 시간에 하도 창밖만 봐서 선생님이 "김중미는 수업에 집중 안 하고 뭐 하니?" 하고 물으셨는데 제가 "우주 소년 아톰을 기다리고 있어요."라고 한 거예요. 저도 그때가 기억나요. 여름 방학이 다 되었을 때인데 짝꿍은 자꾸 저를 괴롭히고 학교는 답답해서, 날마다 창문을 보며 우주 소년 아톰이 날아와 저를 데리고 인천에 계신 할머니 댁으로 가는 상상을 했어요. 그때 저의 우상이 우주 소년 아톰이었거든요.

저는 낯을 많이 가렸어요. 지금도 사람이 많은 자리는 거의 안 가요. 이렇게 여러 사람 앞에 서야 할 때면 맨 앞에 있는 학생들 두셋만 보며 이야기해요. 어렸을 때는 사람들이 저를 주목하면 어디로 숨어야 할지 몰라 힘들었어요. 학교에 도시락을 싸 가지고 다니는 것도 싫었어요. 별로 친하지 않은 아이들과 함께 밥을 먹는 게 어색했거든요. 같이 밥을 먹으면 반찬도 나누어 먹어야 하는데, 다른 애들의 젓가락이 제 반찬 그릇에 들어오는 것이 싫었어요. 다른 애들 반찬도 먹기 싫었고요. 지금 생각하면 왕따 당하기 딱 알맞은 애였죠. 막 때려 주고 싶은 아이였을 것 같아요. 그래서 학창 시절

의 친구들이 나중에 제가 공동체로 산다는 말을 듣고 처음에는 믿을 수 없다고 했어요.

초등학교 6학년 때 담임 선생님은 20대 초반의 열정적인 분이셨어요. 6학년 때 친구들은 아직도 그 선생님을 가장 고맙고 존경스러운 선생님으로 기억해요. 그런데 저는 한동안 그분이 꿈에 나올 정도로 무서웠어요. 선생님이 제가 친구들과 도시락을 나눠 먹지 못하는 것을 아시고는 그 버릇을 고쳐 주겠다며 점심시간마다 저를 교탁으로 불러 마주 앉아 밥을 먹게 하셨거든요. 옆에는 날마다 다른 학생들을 불러 앉혔고요. 선생님의 그런 의욕은 오히려 저의 마음을 더 닫히게 했어요. 학교 가는 일이 더 무서워졌으니까요.

제가 수학을 굉장히 어려워했어요. 담임 선생님은 다른 과목은 다 잘하는데 수학만 못 하는 게 안타깝다면서 어느 날부턴가 날마다 수학 문제를 100문제씩 풀어 오게 하셨어요. 스스로 문제를 만들어 풀어 가야 했는데 그것을 따로 검사하시고 틀린 문제는 다시 풀어 오게 하셨죠. 그런데 선생님의 기대와 달리 수학 실력이 늘기는커녕 수학이라면 두드러기가 날 정도가 되고 말았어요. 부모님은 제가 너무 자유로운 아이라고 걱정하셨는데, 학교에 가면 저의 그런 성격이 억눌려 힘들어했던 것 같아요.

6학년 때 담임 선생님이 얼마나 의욕적이셨냐면, 일주일에 한 번씩 상을 주셨어요. 정확하게 기억나는 건 아니지만 개나리상, 진달래상, 비둘기상, 무지개상 네 개가 있었어요. 개나리상은 수업

태도가 좋거나 성적이 오른 학생들에게, 진달래상은 모든 면에 모범인 학생에게, 비둘기상은 친구들과 사이좋게 지내는 학생에게 주는 식이었죠. 학급의 모든 학생에게 동기를 부여하기 위한 선생님만의 교육 방법이었을 거예요. 제가 자란 곳이 동두천이었는데 70여 명의 아이들 대부분이 생활이 어려웠어요. 미군 기지촌에 기대어 먹고사는 사람들 사이에도 빈부 차가 있었고, 한국 군인 자녀들도 부유하지 않았어요. 농사짓는 부모님들도 계셨죠. 공부 잘하는 아이들은 대부분 부모님이 기지촌에서 장사를 하거나 공무원인 경우였어요. 치맛바람을 휘날리는 극성 부모도 있었지만 대부분은 먹고살기 바쁜 사람들이었죠. 그러니 새내기 교사로서 아이들을 위해 여러 가지 시도를 하신 거예요.

철부지였던 저는 선생님의 뜻을 헤아리지는 못하고 상이 너무 남발된다고 생각했어요. 비둘기상을 받으면 "나는 친구들하고 사이좋게 지내지 않았는데……." 하며 불편해했고, 진달래상을 받으면 "나는 모범생이 아닌데……." 하며 불편해했어요. 그리고 제 눈에는 그 상도 늘 받는 아이들만 받는 것 같았어요. 저도 상을 자주 받는 아이 중 하나였기 때문에 더 불편했어요. 그래서 일기에다 썼어요. 상을 너무 많이 주지 말라고. 그때는 일기 검사를 할 때라 선생님이 일기를 일일이 보시잖아요. 지금 생각하면 그 선생님이 속으로 절 되게 미워하시지 않았을까 싶어요.

어느 날은 미술 대회에 나갔는데 그때는 미술 대회에 나가는 게 별로 내키지 않았어요. 선생님들의 기대도 부담스러웠고 대회에 나가는 그림을 그리는 건 왠지 재미가 없었거든요. 그래서 스케치를 한 뒤 색칠도 대충 하고 말았는데 선생님이 이렇게 좋은 그림을 왜 그리다 마냐면서 색을 덧칠하는 것을 도와주셨어요. 그 그림이 상을 탔는데 제 힘으로 탔던 다른 상과 달리 수치스러웠어요. 선생님이 제 그림에 손을 대는 것을 본 친구들에게 부끄럽기도 하고요. 그래서 상장을 받고 나서 반으로 접어 가방에 구겨 넣었어요. 그 순간 선생님과 눈이 마주쳤는데 선생님의 당혹스러운 표정이 오랫동안 잊히지 않았어요.

저의 그런 모난 성격은 타고난 기질이기도 하겠지만, 한편으로는 제가 가진 결점, 혹은 결핍을 숨기고 보호하려는 자기 방어였는지도 모르겠어요. 저는 태어날 때부터 귀가 살짝 기형이어서 머리카락을 한쪽으로 내리고 다녔어요. 절대 머리를 귀 뒤로 넘기지 않았죠. 머리를 하나로 묶는 게 소원이었지만 귀가 드러나지 않아야 하니 그럴 수가 없었죠. 저희 집이 가난했기 때문에 중3이 되어서야 귀 수술을 했어요. 수술을 하기 전까지는 그 결점 때문에 움츠러들면 내가 없어질 것만 같았어요. 더 단단해져야만 다른 사람들이 날 건드리지 못한다는 생각이 있었던 것 같아요. 저를 꽁꽁 숨겨두고 싶었던 거 같아요. 신학기만 되면 더 긴장하고 가시를 세웠죠.

그러면서 저처럼 결핍을 가진 아이들을 보면 동병상련을 느꼈어요. 백인이나 흑인 혼혈 친구들이 학교에서 차별을 당하면 부당하다고 느꼈고, 더 가난하고 약한 친구들에게 늘 마음이 쓰였죠. 친구와 함께 학교에 갈 때마다 늘 마주치는 고등학생이 있었어요. 어릴 때 소아마비를 앓아서 목발을 짚고 다니는 오빠였는데, 저는 항상 그 오빠 뒤에서 걸어갔어요. 이상하게도 멀쩡한 제 다리가 미안해서 앞서갈 수가 없었어요. 저와 단짝이었던 친구는 그때 제가 무척 답답했다고 해요.

동두천에서 만난 사람들

제가 살았던 동두천은 우리나라 사람들이 아메리칸드림을 꿈꾸며 찾는 곳이었어요. 대학 나온 사람들도 미군 부대에 취직을 해서 미국에 가고 싶어 했지요. 그때 동두천이라는 곳은 미군 기지가 없으면 먹고살 수가 없었어요. 사람들은 미제 물건을 팔거나 미 8군을 상대로 장사를 하며 살았죠. 보산리라는 기지촌에 가면 미군을 상대로 매춘을 하는 사람들도 있었어요. 저는 혼혈 친구들이나 기지촌 여성들을 멸시하고 터부시하면서, 정작 미제라면 사족을 못 쓰는 어른들이 참 이상해 보였어요. 연필, 설탕, 하다못해 돼지기름도 미제가 좋다고 하던 어른들 말이에요.

친구들 중에는 부모님이 미군 부대에 다니거나 식업 군인이거나 미군을 상대로 장사를 하는 아이들이 많았어요. 이른바 '포주'인 경우도 더러 있었어요. 중학교 1학년 때 친구네 집으로 시험공부를 하러 간 적이 있어요. 시험공부라고는 하지만 모여 떠들기 위해 간 거였죠. 그때 친구네 집이 가게를 하고 있었는데 가게 안으로 깊숙이 들어가니 방이 여럿 있었어요. 그중 방 하나에 들어가서 공부를 하겠다고 네다섯 명이 앉았어요. 친구 어머니가 고구마도 쪄다 주시고 찐빵도 쪄다 주시고 공부 열심히 하라고 격려도 해주셨지요.

그런데 밤이 깊어지니까 여러 방으로 미군과 여자 들이 들어가는 소리가 들렸어요. 그날 옆방, 건넛방에서 들려오는 소리를 듣다가 사춘기 여학생들은 공부는 접고 자신들이 알고 있는 성에 대한 지식들을 쏟아 내며 수다를 떨기 시작했어요. 친구들은 제가 아주 순진하고 아무것도 모르는 숙맥인 줄 알았지만 사실 저는 중학교 1학년 때부터 『춘희』, 『마농 레스코』 같은 책을 읽으며 매춘 문제나 성에 호기심이 많았어요. 기지촌이라는 특수한 환경에서 자란 이유도 있겠지만 아버지가 읽던 『킨제이 보고서』 같은 책을 훔쳐보기도 했거든요. 아버지는 제가 사춘기 이후로 너무 청교도적이 되었다고 걱정하셨는데요, 그게 너무 일찍 매춘이나 성에 관해 알아버렸기 때문이었던 것 같아요. 어쨌든 그 후 제가 보기보다 '까졌다'는 소문이 났고 친구들은 저를 어린애라고 무시하지 않았어요.

저는 가끔씩 혼자서 자전거를 타고 보산리를 돌아다녔어요. 보산리 골목에서, 클럽 앞에서 만나는 언니들은 짙은 화장을 하고 핫팬츠에 탱크톱만 입고 있는 때가 많았죠. 하지만 클럽에 나가지 않거나 미군들을 상대하지 않을 때는 평범한 동네 언니들과 다름없었어요. 저는 언니들이 화장을 했을 때나 안 했을 때나 다 슬퍼 보였어요. 그러다 친구들을 통해 그 언니들 대부분이 스무 살이 되기도 전에 그곳에 흘러들어 와 시골에 있는 가족에게 돈을 부치며 산다는 것을 알게 되었어요. 더러는 공장에 가는 줄 알고 속아 오고, 더러는 공장보다 돈을 더 번다는 말에 스스로 온 경우도 있었죠.

저는 '양색시'라고 불리는 그 언니들을 통해 돈을 버는 어른들, 그러면서도 그 언니들을 무시하고 혐오하는 어른들이 싫었어요. 미군 부대가 동두천의 반을 차지하고 있는 현실을 제대로 알지는 못했지만 뭔가가 이상했고 불편했어요. 주위 사람들을 보면서, 혹은 그들의 이야기를 들으면서 내가 살고 있는 세상이 만만한 곳이 아니구나, 슬픈 사람들이 되게 많구나 하고 생각했어요.

어렸을 때 만난 가난하고 약한 사람들이, 제가 어떻게 살아야 할지에 대해 오랫동안 고민하게 했던 것 같아요. 그래서 『괭이부리말 아이들』로 작가 생활을 시작한 뒤, 어린 시절의 동두천 이야기를 썼어요. 그때 이야기를 내 안에서 끌어내 정리해야만 다른 글을 쓸 수 있을 것 같았거든요. 그 글이 처음에는 『거대한 뿌리』로 나왔고, 얼마 전에는 『나의 동두천』이라는 제목의 개정판으로 다시 나왔어요.

혼란스럽고 외로운 시간

저는 동네 친구들과 노는 것도 좋아했지만 더 좋아하는 건 혼자 노는 거였어요. 여러분은 종이 인형 잘 모르지요? 큰 종이에 인형 한두 개와 공주 옷 여러 벌이 인쇄되어 있어요. 그걸 오린 다음 인형에 여러 가지 옷을 입히면서 노는 거예요. 그런데 저는 거기 인쇄된 공주 옷이 너무 싫었어요. 여자라면 다 공주 옷을 입는 게 말이에요. 그래서 인쇄된 종이 옷은 다 버리고 제가 다시 디자인해서 만들어 입혔어요. 인형 머리도 긴 금발을 잘라서 단발이나 커트로 만들었어요. 또 도화지나 상자로 집을 만들어서 여러 인형들을 가지고 이야기를 만들며 놀았어요. 인형 제작, 시나리오, 연출, 배우까지 혼자 다 하는 거죠.

제가 중얼중얼하며 노는 모습을 보고 부모님은 저러다 애가 미치는 거 아닌가 걱정을 하셨죠. 그런데 저는 인형 놀이를 하면서 저의 결핍이나 상처를 스스로 치유했던 거 같아요. 그리고 그 놀이가 지금 저희 공부방 식구들과 하는 '칙칙폭폭 인형극단'의 모태가 되었다고 생각해요. 어른들 눈에는 미친 짓 같았던 일들이 사실은 저를 성장하게 한 거죠. 저는 아이들에게는 어른들이 이해하지 못하는 미친 짓들이 좀 필요하다고 생각해요. 아버지 어머니가 그 미친 짓을 걱정하면서도 막지 않으신 것이 고맙고 다행스러워요.

저는 여러분이 남들하고 달라도, 더러 말썽을 피워도 괜찮다고 생각해요.

제가 중학교 2학년 말에 전학을 갔는데 그때부터 고등학교 1학년 때까지는 동굴에 갇혀 있었던 거 같아요. 부모님이 자식들을 위해 기지촌을 떠나 새로운 일을 시작하셨는데, 처음 계약과 다르게 일이 흘러갔어요. 아버지는 혼란에 빠지셨고 엄마는 아프셨어요. 저희가 속아서 살게 된 집은 공장 안에 있었어요. 단독 주택인 줄 알고 이사 온 집은 시멘트 블록으로 대충 지은 창고 같은 집이었는데 특히 제 방은 지붕이 따로 없고 공장 지붕으로 대신했죠. 그래서 밤이 되면 쥐들이 벽을 타고 돌아다녔어요. 참 희한한 게 그때는 쥐가 무섭지도 않아서 수박씨만 한 까만 눈으로 저를 내려다보는 것을 올려다보며 귀엽다고 생각했어요. 다만 쥐가 꼬리를 늘어뜨리고 있으면 숨이 넘어가도록 소리를 질렀죠. 그래서 어머니가 고양이를 키우기 시작했는데 이놈이 쥐를 잡으면 꼭 제 앞에다 가져다 놔요. 그것도 온전히 두는 게 아니라 항상 머리랑 가슴을 먹고 꼬리랑 배 부분을 남겨 놓고 가거든요. 그래도 그 시절 고양이가 있어서 혼란스럽고 외로운 시간을 견뎠던 것 같아요.

동두천은 기지촌이기는 해도 산과 들, 개울이 있는 시골이었어요. 그러나 이사 와 살게 된 곳은 공장 한가운데 있었기 때문에 그 삭막한 풍경을 견디는 게 힘들었어요. 때때로 내가 처한 현실을 잊고 싶어서 아예 저녁 7시에 요를 펴고 누워 삼잘 때까지 상상의 나래를 펴거나 가족들과 떨어져 책만 읽었어요. 지금 생각하면 우울증이었던 것 같아요. 씻기도 싫고 먹기도 싫었거든요. 전학 오기 전까지 친구들과 깊은 우정을 나눴고, 부모님의 지지를 받으며 자유분방하게 지냈는데 갑자기 많은 것이 달라졌으니 그럴 수밖에 없었어요. 무엇보다 고등학교 진학을 앞두고 그림을 포기한 일이 절 더 어둡게 했어요. 어렸을 때부터 어른들이나 선생님들이 제가 계속 미술을 할 거라고, 그래야만 한다고 생각했고 저도 당연히 그렇게 생각해 왔으니까요.

중학교 때 미술 선생님은 눈물까지 흘리며 안타까워하셨지만 부모님은 미안한 마음에서였는지 제가 그림을 그만두는 것에 대해 아무런 말씀이 없으셨어요. 저는 저대로 부모님 앞에서 아무렇지도 않게, 원래 미술 따위에는 관심도 없었다는 듯이 행동했어요. 나중에 생각하니 그때 저는 절망과 실망을 드러내지 못하고 감추고 억압했던 거였어요.

나 홀로 신은 털신

고등학교 입학을 앞두고 대학에 가지 않기로 결심했어요. 미술을 하지 않는다면 대학에 갈 이유가 없었죠. 전학을 온 뒤에도 제 친구는 동두천에 있는 친구들뿐이었는데, 고등학교에 입학하면서 그 친구들에게 편지를 썼어요. 이제부터 나와 너희는 가는 길이 다르다, 그러나 우리가 어른이 돼서 다시 만날 날이 있을 거다, 뭐 그런 편지였던 것 같아요. 그렇게 연락을 끊고는 정말 외롭고 힘든 시간을 보냈어요.

고등학교에 적응하지 못하던 1년간 저는 주로 책을 읽으며 시간을 보냈어요. 친구 언니한테 세계 문학 전집을 한 권씩 빌려다 보거나, 삼중당 문고판으로 고전을 읽었어요. 고1 때 잠시 문학반과 교지 편집반 활동을 했는데 그때 사르트르의 실존주의 문학에 대해 썼던 기억이 나요. 제가 실존주의를 얼마나 이해했겠어요. 그저 사르트르나 시몬 드 보부아르의 삶이 멋지게 보였던 거겠죠. 지적 허영심만 가득한 글이었을 거예요. 그 글을 지금 읽게 된다면 저는 땅을 파고 들어가 숨고 싶을 거예요.

어쨌든 그 시절 저를 버티게 해 준 친구가 책이었어요. 고등학교 때 제 한 달 용돈이 1,000원이었어요. 그때 개봉 영화의 푯값이 250원이었으니 돈의 규모가 짐작이 되지요? 1,000원으로는 할 수 있는 게 별로 없었어요. 그래서 엄마하고 상의를 해서 도시락을 안 싸 가는 대신 1,000원을 더 얻어 받기로 했어요. 한 달 용돈이 2,000원이 되었지요. 점심은 정말 배고픈 날 매점에 가서 커피 우유 하나 사 먹는 것을 빼곤 대부분 굶었어요. 그렇게 아낀 돈으로 한 달에 두 번은 영화관에 갔어요. 교복을 입은 채 혼자 간 적도 많아요. 그리고 다달이 『월간 팝송』을 비롯해 『문학사상』, 『문학과 지성』 같은 문학 잡지를 사 보았어요. 『월간 팝송』이 180원쯤 했고, 문학잡지들은 200원 정도 하다가 점점 올랐던 것 같아요.

여러분 혹시 록 음악 좋아하세요? 저는 중3 때부터 록 음악을 들었어요. 그때는 록 음악이 저항의 상징이었죠. 만날 집에 틀어 박혀 있으니 주로 라디오를 듣다가 록 음악을 접했어요. 저는 하드록, 펑크 록, 프로그레시브 록을 좋아했어요. 물론 포크 음악이나 가요도 들었어요.

제가 나온 중학교는 장군 출신의 이사장이 운영하는 학교였는데 박정희 정권과 결탁해서 '학교 재벌'이 된 곳이었어요. 온갖 비리의 온상이었고 학생들을 그저 돈으로만 보는 곳이었죠. 그 학교에서는 고등학교를 선택해 갈 수가 없었어요. 대부분의 학생들을 재단의 전문계 고등학교에 보냈거든요. 중3 담임들이 강압적으로 그 재단의 학교로 진학하도록 압박했어요. 저도 원서를 쓰지 않겠다고 일주일쯤 버티다 어쩔 수 없이 가게 됐어요. 저보다 성적이 좋은 아이들도 마찬가지였죠.

그렇게 간 학교니 선생님들을 존경할 수 없었고, 친구들도 그냥 건성으로 사귀었죠. 그래도 고2 때 만난 국어 선생님과 영어 선생님은 제가 학교생활을 버틸 수 있게 해 주신 분들이지만 두 분 다 중간에 그만두셨어요. 그때부터 이렇게 겉돌기만 해서는 안 되겠다는 생각에 마음을 열어 친구들과 사귀고 학교생활에 적응하기 위해 노력했어요. 그래도 재미없는 부기 회계나 수학 시간에는 소설책을 읽다가 걸려서 책을 입에 물고 벌을 선 적도 있어요.

저희 학교는 학생들의 인권은커녕 교사들의 교권도 존재하지 않는 곳이었어요. 겨울이 되어도 난방을 하지 않았어요. 아예 난방 시설이 없었죠. 그런데도 수업 시간에 코트나 점퍼를 입지 못하게 하고, 실내화는 항상 흰색 운동화만 신게 했어요. 선생님들도 겉옷을 입지 않고 수업을 하셨어요. 제 눈에는 선생님들도 학교 재단의 꼭두각시처럼 보였죠. 저는 추위를 심하게 타는 터라 학교에서 내내 꽁꽁 얼어 있는 게 불만이었어요. 그래서 어느 날 시장에서 토끼털로 된 털신을 샀어요. 200원인가 300원에 산 것 같아요. 엄청 싼 거지만 제 용돈의 10분의 1이잖아요. 저 나름대로는 큰돈을 주고 산 거였어요. 절대 반항은 아니었어요. 정말 발이 시리고 추워서 샀어요.

그런데 그 토끼털 털신을 하루 만에 뺏기고 벌로 스타킹만 신은 발로 일주일을 다녔어요. 학생 신분에 맞지 않는다는 것이 이유였어요. 벌이 끝난 뒤 저는 할머니들이 많이 신는 까만 털신을 샀죠. 그러나 그것마저 뺏겼어요. 선생님들은 저를 무척 반항적으로 보셨겠지만 저는 겨울에 털신을 신는 것이 왜 학생 신분에 맞지 않는 건지 이해할 수 없었어요. 까만 털신을 뺏긴 뒤에는 엄마가 털실로 짜 주신 덧신을 실내화 안에 신고 다녔어요. 처음에는 그것도 빼앗겼는데 제가 계속 신고 다니니까 나중에는 그냥 넘어가더군요.

그때는 학교가 정말 싫고 어서 벗어나고 싶은 곳이었는데, 나중에 돌아보면 군사 정권과 결탁한 학교 재벌을 경험한 덕분에 우리 사회의 문제에 대해 더 예민해지고, 부당한 권력에 대한 저항 의식도 커진 것 같아요. 고2 때는 아이들을 심하게 때리는 선생님에게 문제 제기를 하기도 했고, 담임 선생님과 함께 돌려쓰던 공책에 체벌과 편애 문제에 대해 썼다가 선생님의 미움을 받기도 했죠.

평화는 좀 시끄러운 것

저는 지금도 평화는 좀 시끄럽고 불편한 것이라 생각해요. 신영복 선생님은 평화를 모든 사람의 입으로 쌀이 골고루 들어가는 것, 그러니까 모두가 공평하게 음식을 나눠 먹는 것이라고 했어요. 음식을 공평하게 나눠 먹으려면 자기 혼자 먹으려는 사람들과 맞설 수밖에 없어요. 같이 나눠 먹어야 하는 이유를 말해야 하고 굶는 사람이 없도록 노력해야 하잖아요. 그래서 평화롭게 살려면 시끄럽고 소란스러워야 하죠.

청소년기 때 저는 늘 불만에 가득 찬 아이였어요. 쉽게 예 하지 못했고, 항상 비딱하게 세상을 봤죠. 어른들은 그걸 그저 반항이라 여겼지만 제게는 이해할 수 없는 세상에 질문을 던지는 것이었어요. 저는 그런 것이 작은 용기라고 생각해요. 그렇게 작은 용기들이, 그 용기가 내는 작은 균열들이 견고해 보이는 이 세상을 조금씩 바꾼다고 생각해요. 남들 사는 대로 고분고분 사는 사람보다는 좀 덜컹거리기도 하는 사람들이 사실은 세상을 바꾼다고 생각해요. 어쩌면 글 쓰는 일도 그렇게 틈을 내는 일이라고 생각해서 저는 계속 글을 써요.

어차피 우리는 모두 한 번밖에 못 살잖아요. 성공해서 온갖 부를 누리면서 사는 것도 멋있을지 모르지만 한 번 사는 건데 꼭 그렇게 살 필요 없다는 생각이 들어요. 덜 가지고 불편해도 이웃들과 웃고 떠들면서, 서로 돕고 나누면서 살다 가면 더 좋지 않을까요?

사람은 다 저마다 생긴 대로 살아요. 내 모습을 온전히 드러내면 나를 억압하는 세상이 좀 달라질 것 같아요. 저는 여러분 하나하나가 다 세상에 그런 균열을 내는 사람이 되면 좋겠어요. 그러면 우리가 사는 세상이 지금보다 더 숨 쉴 만하지 않을까요?

문학과
세상에 대한
물음들

2부

1

원래 꿈이 뭐였어요?

저는 어릴 때 꿈이 정말 많았어요. 초등학교 4학년 때는 아이들끼리만 사는 세상을 꿈꿨어요. 저희 주인집 아주머니가 피란 올 때 몸을 피했었다는 커다란 버드나무 이야기가 저의 상상력을 자극했거든요. 커다란 버드나무 집에서 아이들끼리 사는 것을 상상하며 놀았어요. 5학년 때는 영화 「사운드 오브 뮤직」에 등장하는 마리오네트 인형을 보며 언젠가 오스트리아로 가서 저 인형극을 배워야지 하고 생각했어요. 제가 인형을 엄청 좋아했거든요.

그다음에는 덤프트럭 기사가 되고 싶었어요. 미국에는 대륙 횡단 도로가 있잖아요. 육중한 덤프트럭이나 트레일러가 그 도로를 달리는 장면이 외국 영화에 종종 나와요. 한참 달리다 중간에 주유소가 나타나면 운전기사가 차를 세우고 높은 의자에서 풀쩍 뛰어

내리잖아요. 그 모습이 너무 멋있어서 덤프트럭 기사가 되고 싶다고 생각했어요. 그즈음에는 오토바이 순찰대 같은 게 되고 싶기도 했어요. 어른이 되면 폐열차를 가져다 축대 위에 놓고 거기서 동물들이랑 같이 살고 싶다는 생각을 한 적도 있어요.

그렇지만 저는 빨리 어른이 되고 싶지는 않았어요. "커서 뭐가 될래?" 하면 딱히 떠오르는 게 없었어요. 청소년기 때는 우울한 일이 많아서 아무 꿈도 안 꾸고 살기도 했어요. 스무 살 때는 정말 아무것도 안 하고 이 상태로 쭉 아무 생각 없이 있다가 아무한테 시집이나 갔으면 할 때도 있었어요.

글 쓰는 걸 좋아했지만 '나, 이다음에 작가가 되고 싶어.'라는 생각을 구체적으로 한 적은 없어요. 고1 때 『난장이가 쏘아올린 작은 공』을 읽고 '아, 이런 작품을 쓸 수 있다면 작가가 되어도 괜찮겠다.'라고 잠깐 생각한 적은 있지만요.

고등학교 3년 동안 저는 여학생들이 좋아하는 '여자답지 않은' 여학생이었어요. 연애나 남자에는 관심이 별로 없었는데, 그러던 제가 처음으로 관심을 갖게 된 남자가 작가 '이상'이에요. 이미 한참 전에 죽은 사람인데, 존재하지도 않는데 그 사람하고 한 1년간 연애한 느낌이 들어요. 고등학교 3학년 때는 그 사람밖에 머릿속에 없었어요. 그때도 아주 잠깐 '아, 나도 작가가 되고 싶어.' 하고 생각했던 것 같아요.

저는 중학교 때까지 그림을 그렸어요. 중학교 3학년 때 진로를 정하면서 그림을 관뒀어요. 가난한 집안의 맏딸이라는 짐이 꽤 컸지요. 상업고등학교에 진학했는데 막상 가 보니 적성에 맞지 않았고 실망할 일이 많았어요. 그때는 진짜 꿈이 별로 없었어요. 단지 책을 읽고 사회 문제에 눈을 뜨면서 막연하게 저항하는 지식인으로 살고 싶다는 생각을 했어요.

고등학교를 졸업하고 직장 생활을 시작하자마자 주말이면 연극을 보러 다녔어요. 한 2년 동안 점심을 굶으면서 다녔지요. 그때는 3년쯤 뒤 대학에 가서 미술을 전공해 무대 미술을 하고 싶다는 생각을 했어요. 그런데 직장 생활을 하는 동안 한국 사회의 현실을 맞닥뜨리게 되면서 다른 삶을 살고 싶어졌어요.

고등학교를 졸업하고 들어간 직장이 대학 병원이었어요. 병원이라는 곳은 철저한 '계급 사회'더라고요. 자본주의의 축소판 같았죠. 사람의 목숨을 좌지우지하는 곳인데도 말이에요. 병원장 자리에 누가 앉을지, 대학교 학장이 누가 될지를 둘러싸고 엄청난 암투가 벌어졌어요. 그리고 그 아래로 '계급'이 나뉘어요. 진료 과목에 따라, 또 어느 대학 출신인지에 따라 권력의 향방이 정해졌지요. 서열의 맨 아래에 있는 간호조무사나 미화원까지 그 영향을 받아요. 또 그 병원에 오는 환자도 브이아이피(VIP) 환자부터 의료보험조차 없는 가난한 사람들까지 '계급'에 따라 병에 대한 처치, 처방이 달라지고 완치율도 달라졌어요.

그때만 해도 의료 보험이 대중화되지 않았을 때여서 입원 보증금 5만 원이 없으면 그 흔한 맹장 수술도 받을 수 없었어요. 가난한 사람들은 5만 원을 마련하는 동안 맹장이 터져서 복막염으로 번지는 경우가 많았지요. 또 의료 보험이 없으면 인큐베이터 비용이 하루에 2만 원 가까이 됐어요. 그때 삼성전자 여성 노동자들의 월급이 5만 6,000원이었으니 얼마나 큰돈인지 짐작이 가지요? 그러니 가난한 노동자들은 인큐베이터 비용을 감당할 수 없어 아이의 치료를 포기하는 일이 생겼어요.

가난한 사람은 돈이 없어서 안타깝게 목숨을 잃어야 하는 현실 속에서, 저는 '나 혼자 좋아하는 미술을 공부하고, 하고 싶은 일을 하면 정말 행복해질까?' 하는 의문이 들었어요. 몇 년 고심한 끝에 그건 행복이 아니라는 확신을 갖게 되었지요. 저는 저보다 더 가난하고 약한 사람들까지 행복해지는 삶을 꿈꾸었어요. 그 꿈은 혼자서 이룰 수 없다는 것을 알았기에 함께 사는 삶을 꿈꾸게 되었어요. 그러다 보니 어느 새 어릴 적 꿈인 인형극을 하면서 아이들과 함께 살고 있더라고요. 거기에 더해 글 쓰는 사람으로 살게 되었지요.

2

어떻게 작가가 되었나요?

저는 '작가가 되고 싶다.' 이런 꿈을 구체적으로 꾼 적은 없지만 청소년 시절 친할머니와 외할머니 이야기를 가지고 장편소설을 쓰고 싶다는 생각을 한 적은 있어요. 두 할머니는 구한말, 일제 강점기, 해방 뒤 6·25 전쟁의 혼란기, 피란 시절까지 역동의 근대사를 온몸으로 살아 내신 분들이지요. 한 분은 이화학당 출신의 신여성이었고, 한 분은 낫 놓고 기역 자도 모르는 무학이었지만 정미소와 여관을 운영하고 농사를 지으며 많은 식솔을 보살핀 여걸이셨어요. 친할머니는 방학 때마다 잠을 잘 못 자는 저를 위해 이야기를 많이 해 주셨어요. 민며느리로 열두 살 때 시집와서 집안을 일으킨 이야기며 해방 뒤 북한 이야기, 6·25 전쟁과 피란 이야기는 어떤 드라마보다 흥미진진했지요.

외할머니는 일흔이 넘어 치매에 걸리셨는데 한번은 실종이 되셨어요. 가족들이 애타게 찾아다니는 중에 일주일 정도 지나 수원역 앞 파출소에서 할머니를 보호하고 있다고 연락이 왔어요. 어머니와 외삼촌들이 모시러 갔는데 커다란 짐 보따리를 끌어안고 계시더래요. 수원에서 경찰의 보호를 받고 계실 때도 그 보따리를 절대 안 내놓으셨대요. 언젠가는 자신의 삶을 소설로 쓰겠다는 게 할머니의 꿈이었는데 그 보따리에 할머니의 일기장이 있었대요. 외갓집 식구들 중에 보따리의 정체를 아는 건 저희 어머니뿐이었어요.

어머니가 6·25 때 대전인가에서 피란 생활을 하고 있을 때였어요. 외할머니가 밤마다 다락에서 뭔가를 쓰시길래 궁금해서 엿보니 일기를 쓰고 계시더래요. 그래서 외할머니가 안 계실 때마다 일기장을 훔쳐보셨대요. 그 일기장은 할머니가 고향 강화도에서 나와 인천 용현동 움막집에서 살다 외국인 선교사를 만나 공부를 하게 된 때부터 시작된대요. 어머니는 그 일기장에서 읽은 외할머니 이야기를 자주 해 주셨어요. 그러나 제가 외할머니를 만날 수는 없었어요. 외할머니가 6·25 전쟁 뒤 행방불명이 되셨거든요. 그러다 제가 초등학교 5학년 때 돌아오셨어요. 저는 어머니가 외할머니를 만나러 가실 때마다 말했어요.

"엄마, 만약 외할머니가 아직도 일기 쓰시면, 그거 나중에 나 물려 달라고 말씀드려 줘, 꼭."

외할머니가 돌아가시고 장례를 치른 뒤, 저는 어머니께 그 일기장을 어떻게 했는지 물었어요. 그런데 외삼촌들이 태워 버렸다고 하시더라고요.

"고단하기만 한 삶 남길 게 뭐 있냐?"

안타깝기도 하고 섭섭하기도 했어요. 제가 그 일기장을 얼마나 보고 싶어 했는지 아시면서도 외삼촌들이 일기장을 태우게 두셨다는 게 못내 섭섭했죠.

그로부터 10년도 훨씬 지난 어느 날이었어요. 명절에 친정에 갔다 돌아오는데 어머니가 편지를 주시더라고요. 엄마한테 편지를 받은 게 청소년기 이후로 처음이라 놀랐죠. 그 편지는 미안하다는 말로 시작했어요. 편지의 내용은 외할머니의 일기와 원고의 행방에 관한 것이었어요. 외할머니의 일기장은 태워졌지만, 소설의 초고는 외할머니가 치매에 걸리기 전, 외할머니의 이부 자매였던 한 스님에게 맡겼던 거예요. 그 스님이 입적하시자 제자 스님이 미국에 있는 스님의 가족에게 유품들을 맡겼는데, 거기에 그 원고가 있었대요. 저희 어머니에게 그 원고를 전해 달라는 쪽지와 함께. 그래서 그 가족이 한국에 나와서 유품을 정리하면서 저희 어머니에게 돌려주신 거예요.

저한테도 그런 말씀을 안 하셨는데, 알고 보니 어머니가 결혼할 무렵 지인으로부터 외할머니가 학교의 동료 교사들을 좌익으로 밀고하고 사라졌다는 말을 전해 들었대요. 어머니는 외할머니가 동료를 배신한 사람이라는 게 무척 부끄럽고 실망스러우셨대요.

그래서 그 사실을 아무에게도 말 못 하고 혼자 삭이며 살아오셨대요. 그런데 그 원고를 통해 그게 사실이 아니라는 걸 알게 되셨다며, 이제야 마음의 족쇄가 풀린 것 같다고 하셨어요.

어머니의 족쇄가 풀린 건 좋은 일인데 문제는 그 원고를 잃어버린 거였죠. 어머니가 제게 편지를 쓰신 진짜 이유는 사과를 하기 위해서였어요. 어머니는 받아 온 원고를 어디에 보관할까 하다가 집 다용도실에 있는 쓰레기 통로 문에 노끈으로 매달아 두셨대요. 아버지와 60년 가까이 살아오셨고, 아버지도 외갓집에 대해 모르시지 않았는데도 외할머니의 숨겨진 이야기를 알리고 싶지 않았대요. 아버지와 친가는 해방 뒤 부르주아에 악덕 지주로 몰려 1·4 후퇴 때까지 북한 정권에 호되게 당한 경험이 있어서 좌익이라면 치를 떨었거든요. 그런 이유 때문인지 외할머니 이야기를 하고 싶지 않아서 원고를 받아 온 그날로 숨기신 거예요.

제가 오면 줘야겠다고 생각했는데 번번이 잊었고 갑자기 이사를 하게 되었어요. 그런데 이삿짐을 다 옮길 때까지 그 원고를 까맣게 잊고 있었던 거죠. 다음 날 기억이 나서 찾으러 갔을 때는 이미 환경 미화원이 쓰레기를 다 수거해 간 뒤였대요. 어머니는 편지에 몇 번이나 미안하다는 말을 하셨어요. 저도 처음에는 정말 안타까웠어요. 한 많은 외할머니의 삶을 어떻게든 살리고 싶었는데 물거품이 되어 버렸으니까요.

끝내 그 글들을 읽지 못했지만 가끔 그런 생각을 해요. 내가 작가가 된 것은 두 분 할머니가 살아온 삶을 내 안에 이야기로 새긴 덕분이라고요. 저는 어려서부터 삶은 다 슬픈 거라고 생각했었어요. 두 할머니뿐 아니라 동네 아주머니들도, 할머니네 쌀집에 모이던 술집 언니들도, 지게꾼 아저씨들도, 저희 가족도 다 슬픔을 한 가지씩 끌어안고 살았죠. 고향을 잃고, 가족을 잃고, 젊음을 잃고, 꿈을 잃은 사람들이 대부분이었으니까요. 동화나 소설을 읽어도 마찬가지였어요. 저는 사람들이 가슴에 품은 그 슬픔, 그러니까 이야기들이 좋았어요. 제가 작가가 된 건 바로 그 이야기들이 제 안에 쌓인 덕분인 것 같아요.

저는 『괭이부리말 아이들』로 작가가 되었는데 사실 이 작품은 작가가 되기 위해서 쓴 글이 아니었어요. 제가 살던 만석동의 가난한 이웃들은 아이엠에프(IMF) 시절을 외줄 타기 하듯 버텨 냈어요. 그런데 2년간의 아이엠에프 시절이 끝나자 가난한 노동자들의 삶은 더 나빠졌어요. 그 고통은 아이들에게도 그대로 전해졌고요. 그러나 사회는 제 이웃들의 가난을 개인의 탓으로 돌렸어요. 억울했어요. 하루하루가 힘들었죠. 그러던 어느 날 『한겨레』 신문에 난 창비 '좋은어린이책' 공모전 광고를 봤고 불현듯 글을 써야겠다고 생각했어요. 가난에 대해 말하고 싶었어요. 가난한 사람들을 대변하고 싶었고, 가난한 이웃들에게 이 고통은 당신들 탓이 아니라고 말해 주고 싶었어요. 그렇게 석 달 동안 밤마다 글을 썼어요. 그 작품이 『괭이부리말 아이들』이었고 당선되면서 작가가 되었죠.

여러분 같은 청소년들을 만날 때마다, 늘 "어떻게 작가가 되셨나요?" 하는 질문을 받아요. 그런데 저는 어떻게 작가가 되는지는 그다지 중요한 것이 아니라고 생각해요. 그보다는 사람의 삶에 대해 잘 이해하는 것이 더 중요해요.

작가가 된다는 건 거창한 일 같지는 않아요. 내 생각을 아주 짧게라도 써 보는 훈련을 지금부터 하면 여러분도 나중에 어른이 되었을 때 다른 사람들보다 좀 더 이야기를 잘 나누는 사람, 타인들과 소통을 잘하는 사람이 될 수 있을 거예요.

3

등장인물들의 이름은 어떻게 짓나요?

이름 짓는 건 굉장히 어려워요. 소설 속의 이름뿐만 아니라 실제 아기의 이름을 짓는 것도 정말 힘들지요. 제가 함께하는 공동체에서 태어난 아이가 25명인데 그중 15명쯤의 이름을 제가 지었어요. 배 속에 있을 때부터 이름을 생각해요. 요즘은 아들인지 딸인지 금방 알잖아요. 고민을 하면서 수십 가지를 만들어 봐요. 엄마 아빠의 특징을 살피고 태어날 아이에 대해 상상하고 우리가 바라는 세상, 우리의 꿈까지 다 생각해 봐요.

작품 속 주인공도 마찬가지예요. 이름을 지어야 할 때는 길을 걸을 때도 간판에서 본 단어를 사람 이름에 넣어 봐요. 어떨 때는 자음 모음을 죽 써 놓고 글자를 조합해 보기도 해요.

제 소설 『모두 깜언』에 나오는 주인공의 이름은 유정이인데, 사실 유정이라는 이름은 다른 소설에도 많아요. 어느 날 유정이가 떠올랐는데, 너무 흔하니까 다른 이름으로 바꾸고 싶었어요. 수십 가지 이름을 새로 지어 봤지요. 길을 가면서도 그 이름과 캐릭터만 생각했어요. 그런데 다른 어떤 이름도 그 캐릭터에 안 어울렸어요. 그래서 그냥 유정이로 하게 됐지요.

「조커와 나」라는 중편소설에는 조혁이라는 인물이 나와요. 그때는 배트맨의 조커가 제 안에 들어와 있었기 때문에 처음에 그 인물을 만들 때부터 조커를 만들고 싶었어요. 그래서 이름을 조혁이라고 지었어요. 조커라는 별명을 만들 수 있는 이름을 몇 가지 생각하다 조혁을 떠올린 거죠.

『꽃섬고개 친구들』에 나오는 주인공 이름 한길이는 공부방에 있는 아이의 이름을 빌려 왔어요. 한길이가 태어나기 전에 저희 남편이 태몽을 꾸었어요. 그때 한길이 엄마는 몸이 약해 두 번 유산을 한 뒤 강화로 이사 와 몸을 추스르고 있었어요. 어느 날 아침 남편이 잠에서 깨어나자마자 말했어요.

"나 태몽 꾼 것 같아. 우리 마당에 아름드리 사과나무가 한 그루 있고 그 사과나무에 사과가 주렁주렁 열렸는데, 그 사과가 얼마나 크고 붉고 반짝이는지 가슴이 벅차오를 정도였어."

그리고 며칠 뒤 한길이 엄마가 임신 소식을 알려 주었어요. 귀하게 태어난 아이라 이름을 아주 잘 지어 주고 싶었어요. 한길이 엄마 아빠만이 아니라 공동체 식구들 모두, 태어날 아이가 다른 사람들에게 도움이 되고 올바른 길을 가는 사람이 되기를 빌었죠. 그래서 스스로 큰 길이 되라는 의미로 한길이라고 지었어요.

그 뒤 양심에 따른 병역 거부자가 주인공인 『꽃섬고개 친구들』을 쓰면서 주인공에게 한길이라는 이름을 지어 주고 싶었어요. 그래서 한길이랑 한길이 엄마 아빠한테 허락을 받아 이름을 빌려 썼어요.

이름을 정하는 것은 정말 힘들어요. 쉽게 정해지는 경우는 없는 것 같아요. 제목은 더 힘들죠. 수도 없이 써 봐야 해요.

4

작가 공부는 어떻게 해요?

저는 작가가 되고 싶다는 생각을 진지하게 한 적은 별로 없지만, 글 쓰는 것을 무척 좋아했어요. 초등학교 때 제가 쓴 시가 교지에 실렸는데 4,000명이 넘는 학생들 중에 1학년으로는 드물게 글이 뽑힌 것이라 은근히 자랑스러웠던 것 같아요. 그 영향 때문이었는지 초등학교 3학년 때 선생님이 미술 대회를 준비한다고 미술부로 가라고 했는데, 글쓰기반에 들어가 앉아 있다가 혼났던 기억이 나요.

초등학교 시절에는 방학 때마다 할머니 댁에서 지냈는데 벽에다 시를 써서 할머니께 혼난 적이 많았죠. 저는 할 일이 없으면 뭔가를 끼적였어요. 일기를 꼬박꼬박 썼고, 관찰 일기 쓰는 것도 무척 좋아했어요. '땅강아지 관찰 일기', '제비의 한살이', '별자리 관찰 일기'라고 제목을 지어 놓고 글을 썼어요. 누가 시키지도 않았는데 혼자 좋아서 썼어요.

어른들의 이야기를 듣는 것도 되게 좋아했어요. 동네 아줌마들끼리 모여서 하시는 이야기를 엿듣는 것을 좋아해서 어머니한테 번번이 혼이 나면서도 귀를 기울였어요. 저희 할머니가 쌀집을 하셨는데, 그 장소가 인천항 바로 위였어요. 외국 선원들이 드나드는 클럽이 많은 곳이었지요. 클럽에는 아가씨들이 많잖아요. 그 아가씨들은 수입이 일정하지 않다 보니 외상이 많아요. 할머니한테 외상값을 독촉당하면 그분들이 "할머니, 내가 이러이러해서 이달 쌀값을 못 줘요." 하면서 이야기를 시작해요. 우리 할머니가 인심이 무척 좋은 분이었거든요. 그걸 다 들어 주세요. 저도 그 곁에서 아가씨들의 이야기를 들었어요. 할머니는 그 이야기를 듣다가 같이 울었어요. 결국은 외상값을 아예 안 받고 돌려보내고는 할아버지랑 부부 싸움을 하셨죠.

저는 사람들의 이야기를 들으면서 제가 그 사람들이 되는 상상놀이를 종종 했어요. 그런 과정이 글쓰기 훈련이었다고 생각해요. 물론 나중에 생각해 보니 그랬다는 거지만요.

제가 글 쓰는 데 가장 도움이 된 사람들은 공부방 엄마들이에요. 공부방 엄마들 중에는 충청도나 전라도의 가난한 집에서 태어나서 초등학교만 다니고 서울에 올라와 열 몇 살 때부터 공장에 다닌 분들이 계셨어요. 한글을 모르는 분들도 계셨지요. 저랑 겨우 서너 살 차이인데도요. 그분들은 자녀들 앞에서 한글을 모른다는 것을 숨기느라 마음고생이 심했어요. 그래서 엄마들과 2년 동안 한글 공부를 했어요. 한글은 금방 뗐지만 그 뒤에도 함께 모둠 일기를 썼죠. 다들 아픈 사연들을 꾹꾹 눌러 놓은 채 사셨던 터라 글 쓰는 시간마다 이야기들이 쏟아져 나왔어요. 엄마들은 글자 한 자 한 자에 온 마음을 담아 쓰셨어요. 저는 엄마들의 글 앞에서 부끄러웠어요. 엄마들의 글은 삶 그 자체였거든요. 어부 영욱이 엄마도 한글을 배워서 일기를 쓰셨어요. 꽃게잡이를 나갈 때 일기장을 가지고 가셔서는 2박 3일 동안 한 줄 한 줄 쓰시는 거예요. 처음에는 서툴러서 짧은 글을 쓰셨지만, 다음 번 조업 때는 긴 글을 써 오셨죠.

바쁘다 바빠. 지난 삼월 달은 너무나 바쁜 달, 배 부리는 사람들은 삼월 달이 가장 바쁘다. 바쁜 달에 집안 행사까지 많아서 어떻게 삼월 달이 지나갔는지도 모르겠다. 바쁘게 살다 보니 삼월이 아닌 사월이 되었다.

올해는 날씨 변동이 많은 해다. 바람이 불지 않으면 안개가 끼고. 올봄에는 날씨까지 사람을 바쁘게 한다.

삼월 달에 다 해야 할 일이 바람, 안개 때문에 사월까지 바쁘게 만들었다. 그래서 요번 조금에는 바다에 나가서 삼 일을 자고 왔다. 삼 일 동안 자는데 고생이 많이 되었다. 첫날에는 안개가 지독히 끼어서 작업을 못 했고 해가 지고 날이 어두워지기 시작하니까 바람까지 불기 시작했다. 배가 물에서 떠서 자려니까 파도가 치고 파도가 배를 찰싹찰싹 치는 소리에 잠을 이룰 수가 없었다. 집에서 자는 아이들은 밥을 먹고 자는지, 그러지 않으면 아침에 제시간에 일어나려는지 이 걱정, 저 걱정을 하고 보니 유진이가 잠이 들었다. 유진이 아빠는 잠시도 누워 보지 못하고 자꾸만 들락날락했다. 바람이 부니까 배가 반대로 밀려가지는 않는지 걱정이 되나 보다. 나는 파도 소리를 자장가 삼아 잠이 들고 말았다. 새벽녘이 되었나 보다. 추워서 잠이 오질 않았다.

새벽에 일어나니 잠을 잔 것 같지도 않고 몸이 찌뿌둥해서 아침밥을 먹으려 해도 입이 깔깔해서 밥이 넘어가질 않았다. 아침 일찍이 작업을 하려는데 또 안개가 끼기 시작했다. 올해는 날씨 변동이 이상하다. 안개가 자주 끼니까 짜증까지 나기 시작했다.

그래도 하루를 무사히 끌내고 또 바다 위에서 잠을 자려 한다. 우리 유진이가 피곤했는지 일찌감치 자리를 잡고 잠이 들었다. 그렇게 바다에서 삼 일을 자고 돌아왔다.

오늘은 바람이 불어서 바다에 나가지도 못했다.

(1993년 4월. 유정, 영욱, 유진 엄마 이규형.)

제가 오랫동안 공부방을 해 온 만석동은 일제 강점기부터 노동자들이 모여 살던 곳으로 6·25 전쟁 때의 피란민부터 경제 개발 시기에 이농한 농민들까지 다양한 사람이 모여 살았어요. 개항장이 가까운 곳이라 유흥가도 가깝고 부두 노동자가 많다 보니 삶이 거친 편이었어요. 모두 공장에서, 부둣가에서 힘들게 노동하며 살았죠. 위험한 일을 하니 사고를 당하는 경우도 많았어요. '한부모' 가정이나 조손 가정이 늘어났고 아이들은 공부와 점점 멀어져 청소년기나 청년기에 조직 폭력배에 연루되어 마약이나 도박, 폭력 같은 범죄로 교도소에 가는 경우도 있었어요. 사회에서는 말썽꾼들이지만 누군가의 아들이고 손자이다 보니 교도소에 가면 어떻게든 죄를 감형받기를 원했죠.

저희가 공부방을 열고 5, 6년쯤 지나서 우리에 대한 신뢰가 생기자 동네 어른들이 자녀들의 탄원서를 부탁하기 시작했어요. 동네에 그래도 배운 사람이 있는 곳이 공부방이라고 생각해서 도움을 청한 것이에요. 그래서 탄원서를 한두 장 썼는데 감형받는 데 도움이 됐나 봐요. 어느 날은 큰 조직의 중간 계급에 속한 사람이 와서 동생의 탄원서를 부탁했어요. 탄원서를 쓰려면 이야기를 들어야 하잖아요. 듣다 보니 형제의 삶이 정말 안타까웠어요. 자신의 인생은 어쩔 수 없지만 동생이라도 바르게 살게 하고 싶어 하는 형의 마음이 느껴졌죠. 정성을 다해 탄원서를 썼어요. 사실 범죄자가 된 청년들은 사연 하나하나가 다 아팠어요. '유전 무죄 무전 유죄'라는 말이 실감 났죠. 죄는 인정하되 범죄자가 될 수밖에 없었던 사연들을 탄원서에 담으려 애썼어요. 나중에 돌아보니 그 시기가 습작기였는지도 모르겠어요.

또 저희가 1994년부터 1년에 한 번씩 인형극 공연을 했는데 그 인형극 대본을 제가 썼어요. 대부분 옛이야기에서 소재를 가져와 우리에게 맞게 재창작하는 작업이지요. 공부방 아이들과 함께하는 공연이다 보니, 역할을 맡을 아이들을 고려하며 쓰는 게 가장 힘들었는데 그 과정도 제게 공부가 됐던 것 같아요.

작가가 되기 위한 정식 습작기를 가져 본 적은 없지만 나중에 생각하니 늘 글을 쓰며 살았더라고요. 그래서 저는 작가가 되는 데 필요한 공부는 지금 내가 살고 있는 오늘의 이야기를 기록하는 연습이라고 생각해요. 우리는 날마다 살아가잖아요. 친구를 만나는 이야기 같은 아주 작고 평범해 보이는 이야기들을 기록하는 것이 가장 중요한 작가 공부예요.

내가 친구들하고 싸웠다고 하면, 우리는 보통 싸운 것만 기억하지, 왜 싸웠는지까지는 잘 기억하지 못해요. 내가 이런 말을 했더니 친구가 다시 이런 말을 해서 싸우게 되었다는 것을 기록해 놓으면 그것이 나중에 이야기의 소재가 될 수 있어요.

다른 사람의 입장에서 깊게 생각을 해 보는 것도 필요해요. 예를 들어 학교를 오가는 길에 어떤 아저씨가 술에 취해서 쓰러져 있는 걸 보았어요. 술 냄새 나고 지저분하니 피하거나 돌아서 가지요. 하지만 생각을 달리해서 저 아저씨는 왜 저렇게 낮부터 술을 드실까, 왜 집이 아닌 길에서 잠들게 되었을까, 내가 도울 길은 없을까 생각하면 그 생각이 행동으로 이어지고, 또 그 경험들이 쌓여 세상을 좀 더 깊이 알게 돼요. 그런 모든 경험이 글이 될 수 있어요.

작가가 되려고 대학의 문예 창작과 같은 곳에서 전문적인 공부를 하는 것도 물론 나쁘지는 않아요. 하지만 그것보다 더욱 중요한 건 지금 내 주변에 있는 사람들에게 관심을 갖는 거예요. 혹시 내 옆에 장애가 있는 친구가 있다면 이 친구가 얼마나 불편할지에 대해서 계속 생각하는 거예요. 그런 것이 글 쓰는 데 기본이 돼요.

"작가가 되려면 어떤 대학을 가야 해요? 대학원도 나와야 되나요?"

이런 질문을 하는 친구들이 많은데, 특정 대학에 가는 것보다 책을 많이 읽는 게 더 좋아요. 책 읽는 습관을 들이는 게 쉽지 않겠지만 노력하면 책도 잘 읽게 돼요. 작가가 되는 데는 비싼 공부가 필요하지 않아요.

5

작가는 돈을 얼마나 벌어요?

몇몇 유명한 작가들 말고는 돈을 많이 벌지는 못해요. 작가는 책 정가의 10퍼센트를 인세로 받아요. 어린이책의 경우 삽화도 들어가니까 10퍼센트 중에서 다시 글 작가와 그림 작가 몫을 나눠요. 요즘처럼 책을 많이 읽지 않을 때는 책만 써서 생활하기란 쉽지 않지요. 그래서 작가 중에는 형편이 어려운 사람들이 많아요. 작가는 자영업자로 분류돼 4대 보험이 없는 직업이에요. 글을 쓰기 위해 들어간 노동과 시간을 제대로 보상받는 경우는 아주 드물어요. 그렇지만 작가들 중에 돈을 많이 벌기 위해서 글을 쓰는 사람은 별로 없을 거예요.

저는 『괭이부리말 아이들』로는 굉장히 많이 벌었어요. 처음에는 이야기가 조금 무겁고 가난한 사람들 이야기다 보니 책이 잘

안 팔렸어요. 그래도 인세가 들어오면 황송했지요. 제가 쓴 글로 돈까지 받는다는 것에 쉽게 익숙해지지 않았죠. 그러다 2년 뒤 그 작품이 엠비시(MBC) 방송국의 책 소개 프로그램인 「느낌표」에 선정 도서가 됐어요. 그때부터 상상도 못 한 돈이 들어왔어요. 저는 작가가 글을 써서 버는 돈 역시 거기에 들어간 노동의 가치만큼 받으면 된다고 생각했어요. 그런데 『괭이부리말 아이들』이 텔레비전에 나와서 유명해지자 책이 많이 팔리고 돈도 많이 벌게 됐어요. 저는 그 돈이 제 돈이 아니라고 생각했어요. 통장에 들어오는 인세를 보며 저와 공동체 식구들은 즐겁기보다 마음이 무거웠어요. 어떻게 이 돈을 써야 잘 쓰는 건지 회의를 하고 또 했죠.

한 2년간은 들어온 인세의 반을 무조건 사회복지공동모금회에 기부했어요. 그리고 나머지도 공동체 식구들과 의논해 어려운 단체나 사람 들과 나누었어요. 꼭 만석동 사람들을 위해 써야 한다고는 생각하지 않았어요. 그러면 동네에서 누구는 도와주고 누구는 도와주지 않는다는 말을 들을 수 있으니까요. 그 인세 덕분에 강화로 이주해 공동체를 꾸리는 데도 도움을 받았어요. 농사지을 땅도 조금 사고, 강화 집을 마련하느라 진 빚도 갚았죠. 논과 밭을 좀 더 사 놓았다면 지금처럼 어렵지는 않겠지만 그때는 그만큼도 과분하다고 생각했어요. 일부는 공부방 아이들의 장학금으로 쓰기도 하고, 운영비에 보태기도 했어요. 또 공부방 식구들과 문화적 사치도 누렸죠. 아이들과 발레 공연도 가고, 한 2년간은 청년들과 함께 한국에 온 외국 인형극 공연을 거의 다 보았어요. 저희가 인형극단을 꿈꾸고 있던 때라 공부하는 셈 치고 열심히 공연을 보았죠.

이후 3, 4년 동안 책을 더 냈는데 잘 팔린 책은 『종이밥』 정도였어요. 그때도 「느낌표」의 영향을 받은 거라 생각해 인세를 계속 나눴고요. 그 뒤로는 별로 팔릴 만한 책을 못 써서 인세가 많지 않았어요. 그래서 한 몇 년 간은 마이너스 통장을 쓰며 살았어요. 저는 강화에서도 공부방을 운영하기 때문에 여기저기 돈 쓸 일이 많아요. 어떨 때는 심하게 쪼들리기도 해요. 그렇지만 따로 적금이나 보험을 들지는 않아요. 제가 선택한 삶은 함께 사는 삶이기 때문에 미래를 위해 돈을 모아 대비를 하는 건 왠지 저 자신을 속이는 일 같거든요. 그리고 함께하는 사람들을 믿기 때문에 생활이 쪼들릴 때도 큰 걱정은 하지 않아요. 또 넉넉할 때는 그만큼 나누려고 노력해요.

그래도 작가들이 최소한의 삶을 살 수 있을 정도의 수입과 사회복지가 있으면 좋겠다고 생각해요. 작가뿐 아니라 그림을 그리고 음악을 하는 많은 예술가 중에 연봉이 500만 원도 안 되는 경우가 정말 많거든요. 그런 예술가들에게 기본 소득이 보장되면 좋겠어요. 농부에게도 그렇고요.

6

멋진 표현은 어디에서 얻어요?

저는 공부방을 하면서 날마다 여러분 같은 청소년들을 만나요. 그리고 집에 개 일곱 마리, 고양이 다섯 마리가 있어요. 강화도의 시골에 살면서 농사도 짓고, 다양한 연령대의 공동체 식구들과 함께 살아요. 30년째 공부방을 해 온 저희 공동체는 공부방을 처음 시작한 만석동에 여덟 식구가 살고, 강화에서는 세 식구가 살아요. 거기에서 태어난 아이만 스물다섯 명인데, 거기에 공부방에 다니다가 공동체를 선택한 청년 다섯 명까지 더해 서른 명이 공동체 2세대들이에요.

이렇게 여럿이 함께 살다 보니까 저한테는 끊임없이 이야기를 들려주는 인물들이 무척 많아요. 가끔은 아이들이 하는 말들을 적어 두기도 해요. 제가 어느 책에 이런 표현을 쓴 적이 있어요.

"네 눈 속에 내가 없어."

그 말은 저희 공동체에 있는 네 살짜리 남자아이한테 빌린 말이에요. 그 아이는 태어난 지 40일일 때 저희 후배네 가족으로 입양되어 왔어요. 후배네 가족의 집으로 처음 왔을 때, 제가 아기를 안고 눈을 보는데 아이의 검은 동공이 초점 없이 허공을 보는 것처럼 느껴졌어요. 그 아이에게 양부모와 공동체 식구들이 사랑을 주자 눈에 빛이 생기고, 사람들이 담기기 시작했어요. 그렇게 저희 공동체에는 입양된 아이가 셋이 있는데, 모두 같은 과정을 지나왔어요. 지금 세 아이는 잘 자라고 있어요. 언제나 당당하고 사랑스럽죠. 자신들이 사랑받는 걸 느끼고, 그 사랑을 나눌 줄도 알아요. 어린이집에서도 친구들을 먼저 도와주는 아이가 그 아이들이거든요.

그 아이의 엄마가 육아 휴직을 끝내고 복직을 준비하던 무렵의 일이었어요. 아이를 어린이집에 보낼 생각을 하니까 엄마가 속상했던 거예요. 다 같이 여행을 갔는데 아이 걱정을 계속하더군요. 어른들끼리 한창 이야기하는 중인데 아이도 이상한 느낌이 들었나 봐요. 떼를 부리다 엄마에게 자기를 보라고 하더군요. 그래도 엄마가 이야기하느라 안 쳐다보니까 갑자기 엄마 무릎에 앉더니 엄마 뺨을 딱 잡더라고요. 그러면서 "엄마 눈에 내가 없어." 하고 막 우는 거예요. 엄마가 미안하다며 아이를 안아 주고 달랬죠. 아이가 울음을 그친 뒤 제가 물었어요.

“하준아, 그 말 이모한테 줄래?”

그랬더니 갑자기 눈물을 멈추고는 “왜?” 하고 묻더군요.

“하준이가 한 말이 너무 예뻐서. 하준이가 한 말 때문에 엄마랑 이모들이 잘못한 걸 알았잖아. 엄마랑 이모들이 미안해. 그런데 그 하준이 말이 정말 멋져서 탐나는데 이모가 가져가도 돼?”

그랬더니 아주 자랑스러워하며 말했어요.

“어, 선물로 줄게.”

아이들이 노는 걸 바라보면 정말 시간 가는 줄 몰라요. 가끔은 제 품에 안겨 조잘조잘 이야기를 해 줄 때도 있어요. 하루는 어린이집에서 있었던 이야기를 해 주는데 하준이의 눈이 이야기에 따라 슬퍼졌다, 행복해졌다 하는 거예요. 아이들 눈 속에도 이야기가 있는 거죠. 제가 하준이를 안아 주며 말했어요.

“하준이 눈에는 뭐가 이렇게 많이 들어 있냐?”

그랬더니 갑자기 이런 말을 하는 거예요.

“큰이모, 하준이 눈에 별이 있어? 그래서 예뻐?”

이 말도 참 예뻤어요. 그래서 그 말도 하준이 엄마한테 말해서 빌렸어요.

하준이와 같이 저희 공동체에 온 동갑내기 친구가 예준이예요. 예준이 엄마 아빠는 예준이가 처음 집에 오던 날을 동영상으로 찍어 두고 있었대요. 예준이는 위로 누나가 둘이 있어요. 그러니까 예준이는 셋째로 온 거지요. 예준이가 네 살 때 예준이 엄마가 예준이에게 전에 찍었던 영상을 보여 줬어요. 예준이가 그걸 가만히 들여다보더니, 엄마에게 잔뜩 찡그린 얼굴을 보여 주면서 이렇게 말하더래요.

"엄마, 예준이가 누나랑 엄마 아빠가 사는 집에 처음 왔을 때는 이렇게 찡그린 얼굴이었지? 잉잉 울고 있었지?"

그러고는 다시 활짝 웃어 보이면서 이렇게 말하더래요.

"그런데 이제는 얼굴이 이렇게 되었어."

겨우 네 살 아이가 이렇게 섬세한 변화를 깨닫고 표현할 줄 안다는 게 놀랍지 않나요? 제게 가장 훌륭한 선생님은 바로 아이들이에요.

아이들의 언어가 특히 반짝거릴 때가 네다섯 살 무렵이에요. 언어유희를 스스로 즐기기도 해요. 저희 막내딸이 네 살 때의 일이었어요. 여덟 살 큰딸 얼굴에 뾰루지가 났어요. 제가 장난으로,

"단비 얼굴에 벌써 여드름이 났나?"

하니까 큰딸이 아니라고 펄쩍 뛰었어요. 그러자 옆에 있던 네 살 막내가 말했어요.

"여드름이 아니면 고드름이겠냐?"

저희가 강화도로 막 귀농을 했을 때였어요. 저희 큰딸이 1.8킬로미터를 걸어서 학교를 다니는데 제가 선크림을 안 발라 줬어요. 선크림에 유해한 물질이 있다는 이야기를 어디서 들었거든요. 그래서 딸이 햇볕에 타서 피부가 온통 까매졌어요. 이만 하얘서 멀리서

봐도 저희 딸인 줄 알 정도였지요. 그런데 어느 날 막내랑 큰딸이 싸웠어요. 막내가 언니 말을 당할 수 없으니까 안방으로 들어오더니 벽에 손을 탁 기대며 한숨을 쉬면서 이렇게 말하는 거예요.

"내가 저런 까만 인간이랑 싸워야 되다니."

아이들이 하는 말이 참 보석 같아요.

글감은 공동체 밖에도 많아요. 저는 사회에 관심이 아주 많아요. 특히 옳지 못한 일, 정의롭지 못한 일에 무척 예민한 편이에요. 그래서 그런 일이 일어나면 왜 일어나는지 공부도 하고 가서 직접 사람들을 만나기도 해요. 제가 도울 일이 있으면 돕기도 하고요. 억울한 일이나 힘든 일을 겪는 사람들하고 함께하려는 마음이 있다 보니 지금 제가 살고 있는 세상에서 일어나는 일들이 저한테 다 이야기의 소재가 될 수 있어요.

한번은 비정규직 노동자들이 오체투지를 하는 날이었어요. 엄청 추운 날이었는데 경찰에 연행당하는 노동자들도 많았어요. 저희는 오체투지를 응원하러 뒤를 따라갔어요. 그러다 날이 너무 추워 아기 엄마와 어린아이 들은 카페에 들어가고, 다른 어른들만 계속 같이 행진을 했죠. 그런데 그때 카페에 들어간 여섯 살짜리 두 아이가 자기들끼리 창밖을 보면서 말하더래요.

"경찰들이 아저씨들을 막으면 안 되는데……."

"맞아. 그런데 저 경찰 아저씨들은 이제 성탄절에 선물 못 받아.

아저씨들이 가지 못하게 막으니까."

"맞아, 하느님이 다 보고 있는데 그것도 모르고."

"이제 경찰 아저씨들은 성탄 선물 못 받아서 슬프겠다."

그런 아이들의 사소한 대화도 제게는 작품의 소재가 되고, 바탕이 되지요.

7

작가라는 직업은 언제 가장 자랑스럽나요?

첫 작품인 『괭이부리말 아이들』을 썼을 때만 해도 저희 동네의 가난한 사람들, 이웃들의 목소리를 대변해 주는 사람이 많이 없었어요. '아이엠에프 시대'가 막 지났을 때였는데, 우리나라 경제가 살아났다고, 생활이 다시 좋아진다고 언론에서 떠들어 대기만 할 뿐 여전히 먹고살기 힘들어서 목숨을 끊는 지경에 이른 사람들에 대한 이야기는 아무도 안 해 주더군요. 가난한 이웃들의 목소리를 알리고 싶어서 글을 쓰기 시작했어요.

그렇게 해서 작가가 되었는데 처음에는 제가 뭘 할 수 있을지 잘 안 보였어요. 그런데 첫 책이 조금 팔리고 제가 작가라는 게 알려지면서 제가 사회 문제에 관심이 있다는 것을 알게 된 사람들이 가끔 기고문을 부탁해 왔어요. 비정규직 노동자들의 복직 투쟁이

나, 혹은 양심에 따른 병역 거부 행동, 노동 문제, 철거, 환경, 교육 문제 등등에 대해서요. 작가가 된 덕분에 글로 연대할 수 있는 기회가 주어진 거예요. 그럴 때 보람을 느꼈어요. 국가인권위원회에서 이주 아동을 위한 동화를 만들 때 참여하게 된 것도 자랑스럽고 고마운 일이었고요.

글을 통해 고통받는 이들의 편에 설 수 있는 게 작가로서 가장 보람 있는 일 같아요. 제주 강정 마을에 관해 쓴 『너영 나영 구럼비에서 놀자』도 그렇게 나오게 된 책이에요. 제주도에는 400년 동안 이어져 온 마을이 있어요. 강정 마을이라는 곳인데, 그 마을에는 구럼비라는 바위가 하나 있었어요. 길이 1.2킬로미터에 너비 250미터에 이르는 거대한 바위가 그냥 하나의 통바위예요. 바닷가 쪽에 있었는데 그 바위 밑에서는 중산간 지방에서 내려오는, 용천수라고 하는 샘물이 솟아요. 세 곳에서 샘물이 솟는데, 샘물마다 다양한 이야기와 추억을 간직하고 있어요.

예를 들면 할망물에는 임신했을 때 마시면 배가 아프지 않고 아이가 잘 나온다는 전설이 내려온대요. 또 다른 샘물은 마을 사람들의 천연 수영장이에요. 밑에서는 민물이 올라오고 파도가 칠 때마다 바닷물이 들어오니 짜지도 달지도 않은 적당한 수영장이 만들어지는 것이지요. 구럼비 바위에는 '해녀 수업'을 하는 곳도 있었어요. 그 마을 사람들은 어려서부터 가을이 되면 거기에서 보말이나 문어를 잡으며 놀았대요. 그리고 열두 살, 열세 살에 바다에 들어가는데 그 바위에 있는 '터진개'라는 곳에 간대요. 물이 많이 들어오지 않아서 안전하기 때문에 거기서 처음으로 해녀 수업을 받아요.

그렇게 그 바위는 마을 사람들과 400년 동안 함께 살아온 친구나 마찬가지인데 이제는 흔적도 없어졌어요. 바위는 폭파되었고 그 자리에는 해군 기지가 들어오게 됐거든요. 제가 강정을 알게 된 것은 문정현 신부님과 평화 운동 단체 '평화바람' 덕분이었어요. 2011년 문 신부님과 평화바람이 제주 강정에 살게 되면서 먼 강정이 저의 이웃이 되었어요. 그때 강정에는 영화인, 음악인, 미술인 들이 모여 강정 마을과 구럼비 바위를 지키기 위해 연대하고 있었어요. 각자의 방법으로 강정 공동체와 자연환경을 지키고 있었지요.

저도 처음에는 인형극을 공연하러 갔다가 그 뒤로 구럼비 바위와 강정 마을 사람들에 반해서 자주 오가게 되었어요. 강정에서는 날마다 경찰과 군인에 맞서는 싸움이 일어났지만 육지 사람들은 강정을 잘 몰랐어요. 그래서 저도 강정을 알리는 일에 작은 힘을 보태고 싶어서 에스엔에스로 열심히 알리고, 강정에 관한 글을 써서 신문에 싣기도 했어요. 그때 보리출판사에서 일하던 양심에 따른 병역 거부자이자 평화 활동가인 이용석 씨가 강정을 동화로 써서 알리자고 했어요. 그래서 저와 같이 강정에 자주 가던 공부방 청년들과 함께 『너영 나영 구럼비에서 놀자』를 내게 되었죠. 작가가 되면 이렇게 사회의 약자들을 대변할 목소리가 생겨요.

여러분 같은 청소년들도 사실 사회적 약자잖아요. 청소년소설이나 어린이 동화를 쓰면 어른들은 잘 들여다보지 못하는 아이들의 마음, 청소년들이 처한 현실을 전할 수 있어요. 저는 여러분 또래들하고 날마다 같이 살다 보니까 다른 어른들보다는 좀 더 현실을 알 수 있어요. 제가 알게 된 이야기들을 글로 쓰면 여러분들의 목소리들을 대신 전할 수 있지요.

그렇게 말할 수 있을 때 저는 작가로서 '아, 이 일을 선택하길 잘했구나.' 하는 생각이 들어요. 힘없고 약한 사람들과 연대할 수 있는 기회를 갖는 것, 그게 작가로서 가장 큰 보람이에요.

8

언제부터 사회 문제에 관심을 갖게 되었나요?

저는 지금은 이렇게 뚱뚱하지만 어려서부터 몸이 참 약했어요. 그리고 지금은 사람들 앞에서 이렇게 말을 잘하지만 원래는 앞에 나서는 것을 정말 못 하는 아이였어요. 그렇게 여러 가지로 부족한 아이이다 보니까 약자의 입장에서 생각하는 게 늘 익숙했던 것 같아요.

제가 어릴 때는 하수구 시설이 잘되어 있지 않아서 마을 골목마다 시궁창이라는 게 있었어요. 거기에 땅강아지 같은 벌레들이 많이 살았는데, 남자아이들이 그런 것을 갖고 놀았어요. 날개 떼고 다리 떼면서 노는데 그런 모습을 보면 저는 하지 말라고 징징거리며 쫓아다녔어요. 그러다 아이들이 그 벌레들을 버리면 땅에 묻어 주었어요. 또 방학 때면 할머니 댁에서 가까운 공원으로 아침마다 산책을 가서 비둘기 집 근처에서 놀았는데 병들어 죽어 가는 비둘기들을 보면 옷에다 감싸 안고 와서 살려 보겠다고 했어요.

사회에 관심을 갖게 된 가장 큰 계기는 제가 자란 환경인 것 같아요. 제 아버지가 미군 부대 군무원이셨어요. 아버지는 대학 때부터 기자를 꿈꾸셨는데 뜻대로 되지 않았나 봐요. 제가 태어나고서는 고등학교 국어 교사도 두어 달 하셨는데 교사는 도무지 못 하겠더래요. 그래서 그 당시 돈을 많이 번다는 미군 부대에 취직을 했고 동두천으로 내려가셨어요. 그게 제가 백일 때였대요. 그곳에서 중학교 2학년 때까지 살았어요. 동두천에서 자라면서 무소불위의 권력을 휘두르던 미군들과 군사 문화에 대한 막연한 거부감, 기지촌에 사는 여성들을 향한 연민과 차별에 대한 문제의식, 미국 문화, 혼혈인에 대한 인종 차별 같은 데 일찍 눈을 떴어요.

또 책을 읽으며 문학은 약자들의 편이고, 정의의 편이라고 느꼈던 것 같아요. 제가 느끼기에 문학은 중립적이지 않았어요. 그런 문학을 통해 제 안에만 갇혀 있지 않고 세상으로 시선을 더 넓힐 수 있었어요. 제가 고등학교 3학년 때 집이 거의 파산하다시피 해서 인천 송림동의 산동네로 이사를 갔어요. 그때까지도 저는 우리 가족의 가난은 사회적 가난과 관련이 없다고 생각했어요. 돈 버는 데 관심 없는 반골인 아버지와 어머니 탓이라고 생각했죠. 그런데 『분노의 포도』와 『난장이가 쏘아올린 작은 공』, 『어둠의 자식』 등의 책을 읽으면서 우리 집의 가난도 결국 사회적인 것이었음을 깨달았어요. 부모님은 제게 당신들의 청소년, 청년 때 이야기를 많이 해 주셨는데, 그게 다 일제 강점기 말기, 해방, 해방 뒤 5년간의 혼란, 6·25 전쟁 때 이야기거든요. 어렸을 때는 무심코 들었던 그 이야기들이 사회와 역사로 연결되면서, 우리 가족과 내가 겪은 일들이 한국의 근현대사와 떨어뜨려 놓고 설명될 수 없다는 것을 깨닫기 시작했던 것 같아요.

고등학교를 졸업하고 취업한 곳이 한 대학 병원의 원무과였는데, 그 병원이 영등포와 구로공단 사이에 있었어요. 일하면서 계급과 계층 차이, 노동 문제에 눈을 뜨게 되었어요. 1982년 가을에 병원 바로 앞에 있던 원풍모방의 노조 탄압 사건을 지켜보면서 '어떻게 살 것인가?'를 고민하게 되었죠. 그때 원풍모방 노동자들을 지지하던 가톨릭노동자회 신부님을 알게 되었고 영세를 받게 되었어요. 제가 가톨릭 신자가 된 이유는 예수 자신이 가난한 땅의 사람이었다는 것, 그 땅의 사람들 편이었다는 것 때문이었어요.

취직을 하자마자 주말이면 연극을 보러 다니거나 전시회를 찾아다녔어요. 그러던 어느 날, 우연히 인사동의 한 전시관에서 '현실과 발언' 동인전을 보게 되었어요. 그때 몸에 전율이 일었다고 할까요? 사회 문제에 대해 발언하는 미술 작품들을 보며 예술이, 미술이 사회를 변화시킬 수 있다는, 민중들의 목소리를 대변할 수 있다는 것을 어렴풋이나마 깨달았어요.

그 무렵 제가 근무하던 병원의 사서 언니가 저더러 읽고 싶은 책이 있으면 한 달에 한 번씩 메모를 해서 주면 얼마든지 구입해 주겠다고 했어요. 처음에는 긴가민가했는데 정말로 제가 주문하는 대로 책을 구해 주셨어요. 『민중교육』이나 『공동체 문화』, 『실천문학』 같은 계간지들과 제3 세계의 문학, 한길사의 사상 전집 등을 마음껏 읽었어요. 그래서 저는 그 시절을 저의 첫 번째 대학 시절이라고 생각해요. 내가 살고 있는 사회에 문제의식을 느끼고, 책을 통해 그 문제에 해답을 찾아 가고, 어떻게 살 것인가를 진지하게 고민한 시기였거든요.

그때는 소설 못지않게 시를 좋아했는데, 시를 읽을 때마다 5·18 광주의 진실이 점점 더 궁금해졌어요. 병원 근처에 있는 한 수도회 수사님이 광주에서 대학 생활을 했다는 것을 알고 다짜고짜 찾아가 광주에 대해 묻기도 했었어요. 그 수사님이 계시던 공동체는 '미감아'들이 사는 공동체였어요. 미감아는 '아직 병에 걸리지 않은 아이'라는 뜻으로 정부가 한센병 환자의 자식들을 관리하기 위해 붙인 용어예요.

한센병은 전염 확률이 극히 낮고 완전한 치료가 가능한 질병임에도 불구하고 잘못된 인식과 편견으로 인해 한센병력자들은 사회와 격리되어 살아야 했어요. 저는 수사님을 통해 한센병 환자에게 가한 국가 폭력에 대해서도 알게 되었죠. 그런저런 경험들이 저를 사회 문제에 예민하게 해 준 것 같아요.

9

왜 시골에 살아요?

저는 저희 세대 중에서는 드물게 부모님이 도시 출신이어서, 농촌에 일가친척이 전혀 없어요. 농촌 생활에 대해서는 전혀 몰랐고, 시골에 사는 꿈을 꿔 본 적도 없었어요. 그런 제가 귀농을 하게 된 것은 공부방 아이들과 공동체 때문이었어요.

인천에서 공부방을 시작하고 만난 청소년들은 대개 꿈이 없었어요. 대부분 가정 형편이 어려웠고, 학교에도 적응을 잘 못 했지요. 1995년 정부는 학교 폭력을 심각한 사회 문제라고 규정한 뒤 '학교 폭력 근절 종합 대책', '학교 폭력 예방 대책 5개년 계획' 등을 발표해요. 그러면서 지역 담당 검사 1명이 4~6개의 중고등학교를 전담하게 하고, 관할 경찰서 형사계, 소년계 형사들이 학교 폭력을 단속하게 하여 엄하게 처벌했어요. 그래서 많은 학생이 구류를 살거나 끝내 구속되어 퇴학을 당했어요. 초등학생에게 10원, 20원씩 돈을 뺏었다가 소년원에 간 중학생도 있었어요.

공부방에 다니던 청소년들도 마찬가지였어요. 일탈 행동을 하지 않고 무사히 학교에 다니더라도 무기력에 빠진 친구들이 많았죠. 그 친구들하고 뭔가 행복한 일을 찾고 싶었어요. 진로 교육도 하고, 여러 가지 문화 예술 프로그램도 해 봤지만 꿈을 찾는 게 어려웠어요.

그러다 1994년에 시골로 여름 캠프를 가게 되었어요. 낙동강에서 헤엄도 치고 조개도 잡겠다고 갔는데 가뭄으로 강물이 거의 말라 물놀이는 생각도 못 하게 된 거예요. 막막해하고 있을 때 가톨릭농민회 회원인 마을 분이 아이들에게 농촌 체험을 시켜 보자고 하시더군요. 그곳은 순환 농법으로 닭을 키우는 곳이었어요. 비닐하우스에 톱밥을 깔고 암탉 10마리당 수탉이 1마리 정도 되게 해서 닭을 키우는 거예요. 넉넉하고 깨끗한 공간에서 닭들은 편안하게 짝을 짓고 알을 낳지요. 그러다가 일정 기간이 지나면 닭들을 새 톱밥을 깐 비닐하우스로 옮기고, 그 비닐하우스에 있던 톱밥은 닭 배설물과 같이 발효시킨 뒤 밭의 거름으로 쓰는 거예요. 저희 청소년들이 할 일은 거름이 된 톱밥을 퇴비장으로 옮기는 거였어요.

처음에는 가능할까 싶었어요. 아무리 자연 농법으로 한다고 해도 닭똥 냄새가 엄청 나거든요. 게다가 그해에는 수십 년 만의 폭염이 와서 엄청 더웠어요. 아이들이 비닐하우스에 들어가면 5분도 못 되어 튀어나올 줄 알았어요. 저부터도 그 냄새가 무서워서 그 근처에 안 가고 초등학생들이랑 고추를 땄거든요.

점심 먹을 때쯤 되어서 중고등학생들이 일하는 비닐하우스로 가 보았어요. 여학생이든 남학생이든 모두 땀범벅이 되어 있었어요. 놀랍게도 비닐하우스 두 동을, 땅이 다 보이도록 거름을 긁어낸 거예요. 그런데 다들 얼굴은 벙실벙실 웃고 있었어요. 말로는 힘들어 죽겠다고 투덜거렸지만 행복해 보였어요. 아이들은 점심을 먹고서도 거름을 퇴비장으로 옮기는 일까지 다 했어요. 저녁밥을 먹고 둘러앉아서 이야기를 나누다 제가 농담으로 말했어요.

"얘들아, 너네 아까 너무 멋있더라. 우리 공부방도 시골에다 방 하나 만들까? 농촌 체험장 하나 만들까?"

그랬더니 아이들이 정말 다들 그러자는 거예요. 그때부터 저와 공동체 식구들에게 꿈이 생겼어요. 시골에 살면 1년에 몇 번이라도 공동 노동을 하면서 함께하는 걸 배워 갈 수 있지 않을까? 그때부터 공동체 식구들과 함께 귀농을 준비했고 2001년에 강화도에 집을 구했어요. 인천의 아이들이 수시로 왔다 갔다 할 수 있는 곳을 찾다 보니 강화도가 가장 가깝더라고요.

처음에는 농사지을 땅부터 사려고 했는데 땅은 빌릴 수 있으니 집부터 사야 한다고 충고를 해 주셔서 집을 알아보았어요. 마침 사정이 있어서 다른 집보다 엄청나게 싸게 나온 집이 있었어요. 그 집을 사서 들어가 살다 보니 어느덧 18년째 살고 있어요.

우리가 강화에 터를 잡기 전, 남편이 먼저 1년 동안 다른 농촌 공동체에 가서 실습을 하고, 또 1년은 혼자 강화에 밭과 집을 얻어 살면서 농촌 체험을 했어요. 그랬어도 저는 이사 갈 때까지 농촌 생활에 대해 여전히 몰랐어요. 아는 게 없으니까 별로 큰 고민도, 겁도 없이 시골 생활을 시작했어요.

처음 이사했을 때 마을 어른들이 “아, 산에 이사 온 사람들이구먼.” 하시는데 왜 그러는지 잘 몰랐어요. 저희 집을 처음 본 게 11월이었고, 2월에 이사를 했으니 겨울 풍경만 봤거든요. 낙엽이 다 떨어진 뒤였으니 마을에서도 우리 집이 훤히 보이고 지대가 그리 높아 보이지도 않았죠. 여름이 되고서야 왜 어른들이 우리 집이 산에 있다고 했는지 알게 됐어요. 나무에 잎이 무성해지니 우리 집이 잘 보이지 않더라고요. 들판에서 보면 저희 집이 정말 딱 산 중턱에 있어요. 그렇게 높은 데서 살 거라고는 상상도 못 했었죠. 우리 집에서 버스가 자주 다니는 큰길까지 가려면 잰걸음으로 20분이 걸리고, 하루에 일곱 번 들어오는 마을버스를 타려 해도 15분을 걸어 마을 회관까지 가야 해요. 딸들이 다닌 양도초등학교까지는 어른 걸음으로 25분이 걸려요. 저희 딸들은 아침저녁으로 50분씩 걸어 다녔죠.

시골 생활은 불편했어요. 그때는 지금보다 교통이 나빠서 대중교통으로 저희 집에서 인천 만석동에 있는 공부방에 가려면 세 시간이 넘게 걸렸어요. 한 시간마다 한 번씩 다니는 버스를 놓치면 마냥 기다려야 했어요. 비가 많이 오면 흙이 쓸려 나가 길이 없어졌고, 눈이 많이 오면 트럭도 다니지 못할 정도로 길이 미끄러워 차를 마을에 두고 집까지 올라 다녀야 했고요. 지금처럼 편의점도 흔치 않을 때라 필요한 물건을 사려면 무조건 읍내로 나가야 했죠. 도시 생활처럼 계획한 대로 되는 일이 거의 없었어요.

저는 원래 벌레를 무척 싫어하고 무서워하거든요. 어렸을 때는 귀뚜라미만 봐도 질색을 했어요. 톡톡 튀는 게 무서워서요. 그런데 시골에 오니 집 안에 거미와 지네가 살고, 초여름이 되면 방충망 사이로 날개미, 깔따구 들이 들어왔어요. 한여름에는 벌레들이 하도 들어와서 밤이면 전등을 다 꺼 놓고 있어야 했어요. 모기는 또 얼마나 많은지, 집 아래가 냇가고 산이다 보니 5분만 나가 있어도 모기가 달려들었어요. 말벌에 물리고, 모기에 물리고, 지네에 물리고…… 도시에 살 때는 상상도 못 한 일들이 날마다 벌어졌죠.

그렇지만 불편함보다 좋은 게 더 많았어요. 모든 게 신기했죠. 새소리에 잠이 깼고, 보름달이 뜨면 한밤중에도 사위가 환했어요. 모내기가 끝날 무렵 달이 밝은 날이면 집 아래 논에 산 그림자가 어려 산수화 같은 풍경을 자아냈어요. 제비꽃은 보랏빛만 있는 줄 알았는데 노란색, 하얀색 제비꽃이 있었고, 보랏빛도 한 가지 종류가 아니었어요. 화단을 가꿀 필요 없이 철따라 꽃이 피고 지고, 한 번도 본 적 없는 새들이 우리 집 주변에 사는 거예요. 오색딱따구리를 눈앞에서 보고, 아침 등굣길에 다람쥐를 만나고, 갑자기 풀숲에서 고라니와 마주치고, 어느 날은 어미 까투리를 따라 줄 맞춰 냇가로 내려가는 꿩병아리들과 마주쳤죠. 처음 1년은 하루하루가 놀라웠어요. 도시에 있을 때는 제가 얼마나 많은 생명과 함께 살고 있는지 미처 알지 못했거든요.

농사일은 쉽지 않았어요. 처음 몇 해는 땅을 빌려 농사일을 배웠고, 그 뒤로는 논을 마련해 직접 모판을 만들고 모내기를 하기 시작했어요. 처음에는 모든 게 서툴렀죠. 한 10년쯤 농사를 짓고 나니 농사도 농부 혼자 짓는 게 아니라 하늘과 땅이 함께 짓는 거라는 걸 알게 되었어요. 농촌에 살면서 좀 더 겸손해지고 느긋해졌어요. 봄부터 겨울까지 만난 새들은 저를 좀 더 먼 곳까지 볼 수 있게 해주었고, 직접 경험한 농촌의 현실은 저를 좀 더 깨어 있게 했어요.

저는 지금도 이렇게 농촌에 와서 사는 게 꿈만 같아요. 모내기를 마친 무논에 산이 담기고 달그림자가 잠길 때, 진강산에 하얀 뭉게구름 같은 벚꽃이 필 때, 덕정산이 붉은 진달래꽃으로 뒤덮일 때, 황금빛 들판을 볼 때, 고라니가 한가로이 노는 빈 들판을 볼 때, 찔레꽃 향기와 인동꽃 향기와 들국화 향기가 산골짜기와 들판을 물들일 때, 건평리 들판 건너 석모도 해명산으로 넘어가는 해가 하늘과 바다를 붉은 황금빛으로 물들일 때마다 꿈을 꾸는 것 같아요.

강화로 오기 1년 전에 『괭이부리말 아이들』로 작품 활동을 시작했지만, 글 쓰는 일과 귀농을 미처 연결하지는 못했어요. 그런데 어느 날 문득 그런 생각이 들었어요. 내가 농촌에 와서 살지 않았다면 지금까지 글을 쓰며 살 수 있었을까? 도시에서만 살았다면 저의 글쓰기는 어느 시점에서 한계에 다다랐을 것 같아요. 시골에 사는 덕분에, 산과 들, 그리고 바다까지 있는 강화도에 사는 덕분에 저의 글쓰기가 좀 더 풍요로워졌다고 생각해요. 더욱이 강화는 살아 있는 박물관이라고 할 만큼 역사 문화 유적이 많은 곳이죠. 앞으로는 강화에 대해서도 좀 더 공부를 할 생각이에요. 그래서 강화를 배경으로 한 동화나 소설을 쓰고 싶어요.

10

작가님도 어떤 결핍이 있나요?

저는 결핍투성이에요. 제 눈은 안경으로는 시력 교정이 안 돼요. 한쪽 눈에서 눈물이 나오지를 않거든요. 제가 팔삭둥이인데요, 태어났을 때 눈에 백태 비슷한 게 껴 있었대요. 당시 아버지는 군대에 가 있던 시기라서 어머니가 혼자 저를 데리고 인천에 있는 병원에 가서 수술을 시켰대요. 그런데 그 병원에서 수술하면서 눈물샘을 같이 잘라 냈다고 해요. 그래서 제 오른쪽 눈에서는 눈물이 흐르지 않아요. 눈물은 눈 안에 있는 불순물들을 씻어 내는 역할도 하는데 눈물이 없으니 오른쪽 눈이 항상 뻑뻑해요. 초등학생 때부터 안과에 다녔어요. 또 오른쪽 귀도 기형이어서 수술을 하기 전까지 항상 머리카락으로 가리고 다녔어요. 그래서 사춘기 때는 깊은 자기 연민에 빠져 있었어요. '나는 너네와 달라. 나는 너무나 슬프게 태어난 존재야.' 하는 생각을 많이 했던 것 같아요.

또 다른 결핍을 들자면, 저는 초등학교 5학년 때까지 야뇨증이 있었어요. 야뇨증이 뭔지 알지요? 밤에 이불에다 오줌을 싸는 거예요. 오줌이 마려워도 잠을 깨지 못하는 거지요. 어머니는 제가 야뇨증이 있는 게 당신이 딸에게 충분히 사랑을 주지 못해서라고 자책하셨어요. 게다가 제가 싼 요를 빨아 널면서 동네 사람들에게는 늘 제 막냇동생이 싸는 거라고 하셨죠. 저는 그게 엄청 창피하고 미안했어요. 밤이 오는 게 무섭고 싫었어요. 날이 어두워지면 나도 모르게 불안해지고 초조해졌죠. 불면증까지 있었어요.

아직도 그 잠 못 이루던 밤의 도날드 덕 시계가 생각나요. 저희 방에 도날드 덕 시계가 있었어요. 파란색 해군복을 입은 도날드 덕의 눈이 초침에 따라 왔다 갔다 하는 시계였어요. 밤에 깜깜할 때는 그 소리가 얼마나 크게 들리는지 몰라요. 그때 저희는 단칸 셋방에서 살았거든요. 어머니, 아버지, 동생들도 다 자는데 저는 그 시계 소리 때문에 못 자겠는 거예요. 그래서 캄캄한 밤중에 혼자서 책상 의자를 끌어당겨서 시계 안의 건전지를 빼려다가 식구들 몸 위로 넘어져서 난리가 난 적도 있어요.

밤에 혼자 깨어 있을 때는 누군가가 깨서 내가 깨어 있다는 걸 알아줬으면 하는 마음이 들어요. 너무 외롭고 힘드니까. 그래서 일부러 부엌에 가서 괜히 연탄집게를 가지고 아무데나 막 두드리기도 했어요. 엄마가 깨기를 바란 건데, 저희 어머니가 잠귀가 어두

우셨는지 한 번도 깨지 않으시더군요.

야뇨증은 심리적인 문제가 원인인 경우도 있지만 대개는 그쪽의 근육 발달이 더딘 아이들이 걸리는 병이래요. 크면 저절로 나아지고, 약을 먹으면 또 나아져요. 그때는 그걸 몰랐죠. 저는 야뇨증을 고쳐야겠다는 생각에 저녁을 먹고 나면 물을 안 마시기 시작했어요. 그러면 자기 직전에 더 목이 말라요. 그럴 때면 몰래 수돗가에 가서 물로 목만 헹구고 뱉었어요. 그런데 어느 날 아버지가 오셔서 제 등을 두드리면서 "먹으라우. 괜찮아, 먹어. 오줌 싸면 아버지가 빨면 되지." 하시더군요.

그리고 제가 드디어 야뇨증을 극복했을 때, 어머니 아버지가 이렇게 얘기해 주셨어요.

"너는 역시 강해. 대단해."

5학년 때 오줌 가린 게 뭐 그렇게 대단하다고요. 하지만 그 말씀은 왠지 큰 힘이 되었어요. 저한테는 그런 결핍이 쉽게 말할 수 없는 콤플렉스이고 늘 숨기고 싶은 것이었지만, 또 한편으로는 정말 말도 안 되는 방식으로 저 자신에 대해 긍정적인 이미지를 갖게 해 주었어요.

저의 결핍과 모자란 점들을 다른 사람들 앞에서 고백할 수 있는 용기를 갖게 해 준 이들은 저를 믿어 준 가족들과 친구들, 함께 일하는 동료들이에요. 제가 결핍이 많다는 것을 고백해도, 잘난 사람이 아니어도, 힘없는 약한 사람이라 해도 인정해 주고 믿어 주는 사람들이 있어서 저를 있는 그대로 드러낼 수 있었어요. 제가 약한 사람이라서, 만만한 사람이어서 다른 사람들도 제게 마음의 문을 열어 주었던 것 같아요. 사람은 누구나 만만한 사람을 좋아하잖아요. 그러면 벽이 허물어지더라고요.

가시는 나를 보호해 주지만 때로는 그 가시를 거두어들여야 될 때가 생겨요. 저는 결핍의 힘으로 지금의 제가 되었어요. 결핍을 가진 사람이라서 저처럼 약하고, 부족하고, 가난한 사람들의 마음을 이해할 수 있었고 그들에게 가까이 다가갈 수 있었어요. 여러분도 결핍을 가지고 있다면 그 결핍을 자신이 성장하는 발판으로 삼을 수 있으면 좋겠어요.

11

책을 읽으면 뭐가 좋아요?

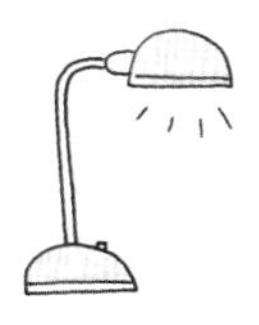

책은 사실 심심해야 읽게 돼요. 어렸을 때부터 '책을 보니까 안 심심하네.' 하고 느껴 본 경험이 있어야 심심할 때 스마트폰뿐만 아니라 책을 들 수 있지요. 물론 여러분은 저희처럼 할 일이 없어서 책을 뒤적거리던 세대는 아니에요. 오히려 너무 바쁘지요. 심심할 틈이 없을 거예요.

저희 공부방 아이들은 책을 보면 두께부터 확인해요. 조금만 두꺼워도 "나 이거 못 읽어요." 이 말부터 해요. 그런데 두껍다고 아주 밀쳐 두기보다 중간 두께의 책부터 꾸준하게 읽는 습관을 들이면 좋아요. 아주 잠깐씩이라도. 처음에는 단편집도 좋아요. 쉽게 읽을 수 있는 에세이도 좋고요. '여기서부터 여기까지 읽어야지.' 라고 목표를 정해 놓고 읽으면 그다음이 가능해지더라고요.

책을 읽으면 사람에 대한 이해가 깊어져요. 저는 공동체로 살기 위해 오랫동안 노력해 왔는데 만약 청소년기에 읽은 소설들이 없었다면 나와 다른 사람들을 이해하는 게 좀 더 어려웠을 것 같아요. 그 소설들이 있었기 때문에 저와 아주 다른 사람들을 만나면서도 '아, 인간은 이럴 수 있어.' 이런 이해가 쌓일 수 있었던 것 같아요. 소설이 아무 가치도 없는 것 같지만 사실 그 소설 속 인물을 통해서 내 삶을 돌아볼 수 있어요. 또 현실에는 없는 친구들을 만들어 갈 수도 있고요.

저는 고등학교 때 학교에 적응을 잘 못해서 저 혼자 이런 생각을 했어요. '너희들하고 나는 진짜 친구가 아니야. 나는 내 마음을 다 안 보였어.' 내가 마음을 안 보이니까 친구들은 저를 친구라고 생각해도 저는 친구가 아니라고 생각했던 거예요. 그리고 오히려 책에 더 매달렸어요. 그런데 나이가 들어서 보니 그 시절에 만났던 친구들한테 미안한 마음도 드는 한편 그때의 시간들에 대한 소중함이 느껴지더라고요. 제가 그때 그 시절을 책하고 함께하지 않았더라면 인간에 대한 이만큼의 이해도 없었겠지요.

요즘은 인터넷을 통해서 너무나 쉽게 즐거움을 얻을 수 있잖아요. 여러분도 유튜브 많이 보시겠지요. 서너 살 아이들도 유튜브로 세상을 본다고 하더라고요. 그런데 유튜브에서 주는 건 대체로 아주 짧은 행복, 짧은 쾌락일 뿐이거든요. 유용한 게 없지는 않겠지만, 잠시의 쾌락이나 즐거움이 우리에게 주는 것도 분명히 있겠지만 그게 전부는 아니잖아요. 우리는 좀 더 깊이 있게 세상을 보고 사람을 봐야 해요. 저는 그런 시야를 갖게 해 줄 수 있는 건 책뿐이라고 생각해요. 여러분도 지금부터 하루에 몇 장씩이라도 책을 읽는 연습을 하면 좋을 것 같아요. 요즘은 책을 읽을 수 있는 환경이 잘되어 있잖아요. 주변에 좋은 도서관도 많고, 좋은 책도 많고요.

12

작가님에게도 멘토가 있나요?

전 멘토란 말을 별로 안 좋아해요. 멘토라기보다 든든한 깃발 같은 분을 한 분 꼽을 수는 있어요. 제가 어디로 가야 할지를 알려 주신 분이죠. 바로 조세희 작가님이에요. 조세희 선생님은 제가 가장 존경하는 작가예요. 직접 만난 적도 있고요. 정말 우연한 만남이었어요. 제가 글을 쓰기 이전의 일이지요.

저는 십 대 시절에 조세희 선생님의 『난장이가 쏘아올린 작은 공』을 봤어요. 이 작품이 『문학과 지성』이라는 문학잡지에 연재됐었거든요. 연재될 때부터 이야기에 빠져들었던 것 같아요. 내가 겪는 가난, 내가 사는 사회에 대해 충격을 받았어요. 연재가 끝나고 단행본으로 나오자마자 또 사서 읽었어요.

저한테 조세희 선생님은 그렇게 다가왔어요. 그 뒤에 조세희 선생님이 『침묵의 뿌리』라는 사진집을 내신 적이 있어요. 탄광촌 이야기를 담은 책인데, 이십 대 초반에는 그 사진집만 보고 사북 탄광에 가기도 했었죠.

그로부터 한 10년 뒤에 그분과 또 인연이 닿게 돼요. 물론 일방적인 짝사랑, '팬심'이었죠. 저는 1987년에 『괭이부리말 아이들』의 무대가 되는 인천 만석동에 들어가서 공부방을 하면서 빈민 운동을 시작했어요. 그런데 1994~1995년 무렵의 일이었어요. 4시쯤에 자원봉사자들에게 저녁을 차려 주려고 부엌에서 밥을 하고 있었어요. 당시 저희 집이 판잣집이었어요. 6·25 이후에 지어진 집인데, 1층과 2층을 나누었지만 사실 2층은 다락이거든요. 그래서 2층으로 올라오는 구멍이 방 한가운데에 뻥 뚫려 있어요. 올라오려면 사다리를 타고 올라와야 해요. 그러니까 2층에 있으면 계단으로 누가 올라오는 게 보이는 게 아니라 사다리를 반쯤 올라온 사람의 고개가 쑥 올라와야, 아, 누가 오나 보다 하게 되지요.

한창 밥을 하고 있는데 갑자기 허연 머리가 쑥 올라오더군요. 자원봉사자거나 남편일 줄 알았는데 세상에, 제 앞에 조세희 선생님이 서 있는 거예요. 물론 그분은 절 모르고, 저만 알죠. 그런데 저도 모르게 "어머, 조세희!" 이렇게 말을 한 거예요. 선생님이 그때 50대 중반 정도 되셨겠죠? "어떻게 저를 알아요?" 하는 거예요. 아니, 그건 제가 물어봐야죠. 우리 집에 난데없이 왜 조세희 선생님이 나타났는지 무척 놀랐어요. 저 그때 아마 주걱을 들고 있었을 거예요. 정말 얼어붙었어요. 고1 때부터 우상이었던 사람이 제 앞에 있으니까요. "어떻게 오셨어요?" 하고 제가 물어봤던 거 같아요.

조세희 선생님은 『난장이가 쏘아올린 작은 공』을 쓰면서 영등포와, 저희 집이 있는 인천 만석동을 무대로 삼으셨다고 해요. 집필하시는 동안 마을을 스케치하러 만석동에도 자주 오셨대요. 그러고 나서 몇 십 년 만에 다시 오신 거예요. 그런데 그때 자기가 수없이 지나다닌 건물에 '기찻길옆공부방'이라는 간판이 달려 있고 아이들 신발이 널려 있고 사람 소리가 들리고 웃음소리가 들리고…….
그래서 자기도 모르게 무언가에 이끌리듯 올라오셨대요.

저는 선생님께 제가 왜 이곳에 왔는지, 무엇을 하고 있는지 이야기를 했죠. 그랬더니 당신은 이런 걸 할 생각을 미처 못 했다고 말씀하시더라고요. 그래서 제가 얘기했어요. 선생님 책을 본 덕분에 제가 이렇게 빈민 지역에 들어오게 됐고, 청소년기 때부터 이렇게 살고 싶었다고. 그랬더니 선생님이 "내가 몹쓸 짓을 했군요. 젊은 사람을 이런 데로 끌어들인 내가 죄인이네요." 하셨어요.

그 자체로 저한테는 큰 격려가 되었어요. 내가 선택한 삶이 이런 우연을 만들어 주기도 하는구나 싶어서 기쁘고 마냥 신기했어요.
그런데 나중에 제가 글을 쓰게 되고 나서는 '아, 그게 운명이었나.' 하는 생각도 들더라고요. 정말 기적 같은 일 아니에요?

가끔 집회에 나가거나 하면 선생님을 종종 뵈었어요. 노동자들이 생존권 투쟁이나 해고자 복직 투쟁을 할 때 2000년대 초반까지는 항상 현장에 계셨거든요. 선생님이 몸이 많이 안 좋으신데 그 불편한 몸으로도 사진을 계속 찍으셨어요. 그런 모습이 저한테는 아무리 힘든 일이 있어도 내 삶의 자리를 떠나지 않는 힘이 됐어요.

13

왜 슬픈 이야기를 써요?

사는 건 슬픈 거예요. 슬프지 않은 삶은 없어요. 그런데 슬픔 속에 아주 잠깐잠깐 찾아오는 기쁨이 사람을 살게 해요. 그리고 슬프고 어려운 일들을 겪으면서 함께하는 사람들의 존재를 인식하기도 하고요.

세월호 이야기를 잠깐 해 볼까요? 2014년에 세월호 참사로 자녀를 잃은 어머니, 아버지 들이 지금까지도 그 진실을 밝히겠다고 함께하시는데 그간 얼마나 고통스러웠겠어요? 수학여행 간다고 나가면서 용돈이 너무 많다고 책상 위에 놓고 간 아이가 있는가 하면, 가는 길에 엄마랑 티격태격한 아이도 있어요. 그래서 이래저래 마음이 무거웠는데, 전화가 와서는 사고가 났고 아이가 죽었다는 소식을 들었다면 그 이후로 하루하루의 삶이 어떻겠어요?

그런데 세상 사람들은 그분들에 대해 여러 가지 말을 만들어 냈어요. 유난히 기억에 남는 말이 하나 있어요. 어머니들이 트라우마를 이겨 내기 위해서 뜨개질도 하시고 연극도 하시고 같이 오체투지도 하시고 여러 가지를 하세요. 그 와중에 서로의 상처를 보듬으면서 이야기를 하다 보면 웃을 수도 있지요. 그러면서 같이 한 걸음 더 가는 거예요. 그런데 그 모습을 보고는 어떤 사람들이 "자식이 죽었는데 웃네."라며 비난을 했어요.

그게 저는 가장 어이없는 말 중 하나였어요. 사람은 슬픔 속에서 함께하는 기쁨을 깨닫게 되는 거거든요. 아들딸을 잃은 상처를 헤아리고 위로해 줄 수 있는 사람은 같은 상처를 가진 사람들밖에 없어요. 서로를 통해서 어머니들은 또다시 살아갈 힘, 죽지 않고 내 곁에 있는 다른 아이들을 보살필 힘을 갖게 되지요.

그 형제자매들도 마찬가지예요. 세월호 형제자매들의 이야기를 구술해서 만든 『다시 봄이 올 거예요』라는 책이 있어요. 그런데 너무 슬픈 이야기일까 봐 사람들이 안 보려고 해요. 물론 슬프지요. 그런데 그 안에 희망이 있거든요. 저는 슬픈 이야기라고 해서 외면하면 안 된다고 생각해요. 슬프지 않은 삶 속에서는 그만큼 기쁨을 찾기도 힘드니까요. 희망을 찾기도 힘들어요.

희망은 절망적이고 막막하고 무기력한 삶에 아주 잠깐 찾아오는 거예요. 그런데 그 희망이 사람들을 살게 하잖아요. 누구나 대부분은 하루하루가 힘들어요. 회사에서도 힘들 거고 학교에서도 힘들 거예요. 제 소설 『괭이부리말 아이들』이 유난히 슬픈 이야기는 아니라고 생각해요. 이 책은 20년 전 이야기지만 지금도 그만큼 힘든 사람들이 있으니까요. 그런데 다 살아져요. 삶이 팍팍하고 힘들겠지만 우리가 모두 함께한다는 것을 이야기하기 위해서, 저는 책을 쓸 때 슬픈 이야기를 일부러 비껴가지 않았어요.